La memoria

263

DELLO STESSO AUTORE
in questa collana

La libreria stregata
La macchina da scrivere

nella collana «Il castello»

Tuono a sinistra

Christopher Morley

Il Parnaso ambulante

Sellerio editore
Palermo

2017 Dodicesima edizione

Questo volume è stato stampato su carta Palatina prodotta dalle Cartiere di Fabriano con materie prime provenienti da gestione forestale sostenibile.

Il Parnaso ambulante / Christopher Morley. - 12. ed. - Palermo : Sellerio, 2016.
163 p. ; 17 cm. - (La memoria ; 263)
I. Morley, Christopher
CDD 813.52

(a cura di S. & T. - Torino)

Titolo originale: *Parnassus on wheels*
Traduzione di Rosanna Pelà ed Enrico Piceni

Il Parnaso ambulante

Una lettera al sig. David Grayson di Hampfield, Stati Uniti d'America

Caro signore,

sebbene il mio nome appaia sul frontespizio, il vero autore di questo libro è la signorina Elena McGill (ora signora Mifflin), la quale mi raccontò questa storia con la sua inimitabile vivacità. Ed è in suo favore che desidero mandarle queste poche parole di riconoscimento.

La signora Mifflin, oserei dire, è inesperta nell'arte dello scrivere: questo è il suo primo libro, e dubito che ne scriverà mai un altro. Io penso ch'ella non abbia neppur lontanamente immaginato quanto il suo racconto dovesse ai suoi deliziosi scritti. Vi era sul suo tavolo alla fattoria Sabina una copia assai sgualcita di Avventure in contentezza, *e la vidi prenderla in mano più volte, dopo una lunga giornata in cucina, e leggerla con piccoli scoppi di risa, e dire che la storia sua e di Enrichetta le ricordava molto quella sua e di Andrea. Soleva borbottare qualche cosa sulle* Avventure in contentezza, *e domandare perché la parte di Enrichetta nella faccenda non fosse mai raccontata. Così, quando le capitò di vivere la sua propria avventura, e sentì il bisogno di scriver-*

la, io penso che ella inconsciamente adottasse qualcosa della maniera e degli argomenti che le sono così caratteristici.

Certamente, signore, lei non vorrà sconfessare un così innocente tributo! In ogni modo, la signorina Enrichetta Grayson, le cui eccellenti qualità noi tutti abbiamo tanto ammirato, troverà nella signora Mifflin uno spirito affine.

La signora Mifflin stessa avrebbe detto questo, con la sua caratteristica determinatezza di linguaggio, se non avesse perso ogni contatto con i suoi editori, e con la carta da scrivere. Ella e il professore sono sul loro Parnaso, in giro per il mondo, felicemente assorti nel più delizioso divertimento concesso all'uomo: vendere libri. E sono certo che non vi siano volumi da essi raccomandati con maggior piacere dei suoi sani e confortanti libri.

Mi creda, caro signor Grayson, coi più vivi ossequi, suo

CHRISTOPHER MORLEY

1

Mi domando se non vi sia molta ciarlataneria nella istruzione superiore. Non ho mai trovato che le persone colte, che sanno di logaritmi e d'altro genere di poesia, siano più rapide delle altre nel lavare i piatti o nel rammendare le calze. Ho letto moltissimo quando ne ho avuto la possibilità, e non desidero che l'amore per i libri venga ostacolato; ma ho anche visto molta gente semplice e buona guastata da letture troppo raffinate. E per di più il leggere sonetti m'ha sempre fatto venire il singhiozzo.

Non avrei mai immaginato di diventare una scrittrice! Ma penso che vi siano molte cose divertenti nella mia storia e in quella di Andrea, e nel modo in cui i libri sconvolsero la nostra pacifica vita. Quando Giovanni Gutenberg, il cui vero nome (così dice il professore) era Giovanni Genschfleisch, si fece prestare quel famoso denaro per metter su la sua stamperia, scatenò un mare di guai nel mondo.

Andrea ed io eravamo immensamente felici nella nostra fattoria, finché egli non divenne uno scrittore. Se avessi potuto prevedere i grattacapi che i suoi libri ci avrebbero tirato addosso, avrei certo bruciato il primo manoscritto nella stufa di cucina.

Andrea McGill, l'autore delle opere che tutti leggono, è mio fratello. Ha dieci anni più di me. In passato, Andrea era un uomo d'affari; ma la sua salute si indebolì e, come molti personaggi di romanzo, si rifugiò in campagna, o, per dirla come lui, in seno alla Natura. Eravamo i due ultimi superstiti di una famiglia sfortunata. Io adempivo scrupolosamente le mansioni di governante nella grigia regione di New York, e intristivo a poco a poco. Andrea mi salvò; comprammo una fattoria con i nostri risparmi, e diventammo veri agricoltori: ci alzavamo col sole, e col sole andavamo a letto. Andrea portava tute e camicie flosce, e divenne abbronzato e robusto. Le mie mani si fecero rosse e violacee, un po' per i lavori di bucato, un po' per il freddo. Per un anno intero non vidi mai una pubblicità Redfern, e la mia cucina diventò il campo di battaglia dove, rimboccandomi le maniche, imparai ad amare il duro lavoro. Le nostre letture erano rapporti governativi di agricoltura, almanacchi brevettati di medicina, opuscoli di seminatori e cataloghi di Sears Roebuck.

Ci abbonammo a « Fattoria e focolare » che leggevamo ad alta voce. Ogni tanto, per puro divertimento, si leggeva qualche commovente episodio del Vecchio Testamento – l'esilarante libro di Geremia, per esempio, che piaceva tanto ad Andrea. Dopo qualche tempo, la fattoria cominciò a prosperare. Andrea aveva l'abitudine di appoggiarsi al tramonto sulla palizzata del pascolo, e pronosticava, dal fumo della sua pipa, il tempo dell'indomani. Come ho già detto, fummo immensamente felici fino al giorno in cui Andrea ebbe l'idea fatale di raccontarlo al mondo. Purtroppo devo ammettere che egli era sempre stato incline allo studio. Ai tempi del collegio aveva pubblicato il giornale dello studente; qualche volta i fascicoli di « Fattoria e focolare » lo annoiavano, e andava a prendersi quelli rilegati del giornale di collegio. Mi leggeva i suoi poemi, le sue novelle giovanili, e borbottava vagamente che un giorno o l'altro si sarebbe rimesso a scrivere.

Io ero più preoccupata delle covate delle galline che di sonetti, e devo dire che non presi mai quelle minacce molto sul serio. Avrei dovuto essere più severa.

In quell'epoca, lo zio Filippo morì, e un carro pieno di libri suoi si riversò nella nostra casa. Egli era stato professore in un collegio, e anni prima, quando Andrea era ragazzo, gli aveva voluto molto bene, e l'aveva infatti aiutato a portare a termine gli studi. Noi eravamo i suoi unici parenti, e un bel giorno ci arrivarono tutti quei libri. Questo fu il principio della fine. Se solamente l'avessi saputo! Andrea si divertì un mondo a costruire scaffali lungo le pareti della stanza di soggiorno; non contento di questo, trasformò il vecchio pollaio in uno studio, vi installò una stufa, e prese l'abitudine di passarvi la sera, dopo che io ero andata a letto.

Prima di tutto seppi che aveva ribattezzato il posto « Fattoria Sabina » sebbene fosse conosciuta già da anni come il « Pantano vuoto », perché riteneva quel nome più letterario. Usava portar con sé un libro quando andava a prendere le provviste a Redfield; qualche volta il carro tornava a casa con due ore di ritardo: il vecchio Ben trotterellando pigramente tra le stanghe, e Andrea immerso nella lettura.

Non badavo molto a tutto questo, ma io sono una donna alla buona e, finché Andrea si occupava della fattoria, avevo abbastanza da fare per conto mio. Pane fresco e caffè, uova e conserve per il *breakfast*; minestra, carne, legumi, gnocchi, salsa, pane bianco e nero, budino di more, torta di cioccolata e ricotta per il pranzo; tartine, tè, involtini alla salsiccia, more, panna e krapfen per cena. Questo è il genere di menu che ho preparato tre volte al giorno per anni. Non avevo tempo di pensare a ciò che non era affar mio.

E poi una mattina sorpresi Andrea che legava un grosso pacco piatto per il postino. Egli mi parve tanto imbarazzato che non potei fare a meno di chiedergli che cosa contenesse.

– Ho scritto un libro, – rispose Andrea, e mi mostrò il frontespizio:

Paradiso riconquistato
DI ANDREA MCGILL

Perfino allora non vi feci troppo caso, perché naturalmente ero certa che nessuno l'avrebbe pubblicato. Ma ahimè! circa un mese dopo arrivò la lettera di un editore: il libro era stato accettato. È la lettera che

Andrea tiene incorniciata sopra la scrivania. Appunto per mostrare come succedono queste cose, la copierò qui:

DECAMERON, JONES AND COMPANY
EDITORI
UNION SQUARE - NEW YORK

13 gennaio 1907

Caro signor McGill,

Abbiamo letto con vivo piacere il suo manoscritto *Paradiso riconquistato.* Non dubitiamo che una descrizione così elevata delle gioie della sana vita campestre debba incontrare l'approvazione generale; e, eccettuate poche correzioni ed abbreviazioni, saremmo lieti di pubblicare il libro così come sta. Vorremmo farlo illustrare dal signor Tortoni, del quale ella forse conosce qualche disegno. Abbia la cortesia di farci sapere se il signor Tortoni può venire a trovarla per rendersi conto di persona dell'ambiente in cui ella vive.

Noi le pagheremmo una percentuale del 10% sul prezzo di copertina del libro. Accludiamo un duplice contratto per la firma, nel caso che tutto questo sia di suo gradimento.

Ci creda, ecc., ecc.

DECAMERON, JONES & C.

Da allora pensai che *Paradiso perduto* sarebbe stato un titolo più adatto al libro. Fu pubblicato nell'autunno del 1907, e da quel momento la nostra vita non fu più la stessa. Sfortunatamente il libro fu il successo della stagione, e venne raccomandato da tutti come « un vangelo di salute fisica e morale ». Quasi ad ogni arrivo della posta Andrea riceveva offerte da editori che volevano accaparrarsi il suo prossimo libro. È difficile immaginare a quali stratagemmi ricorrano gli editori per accaparrarsi uno scrittore. Andrea in *Paradiso riconquistato* aveva descritto i vagabondi che vengono a trovarci, raccontando come alcuni di loro siano strani e commoventi (e sporchi, devo aggiungere); e come non chiudiamo mai la porta in faccia a chi ci sembri interessante.

Figuratevi che nella primavera seguente, arrivò un giorno un vagabondo dall'aspetto losco, con uno zaino sulle spalle; egli lodò molto il libro di Andrea, si trattenne tutta la notte, e la mattina dopo si presentò come uno dei primi editori di New York. Aveva scelto quel travestimento per fare la conoscenza di Andrea.

Di questo passo, come potete immaginare, non ci volle molto perché Andrea si guastasse. L'anno dopo egli sparì improvvisamente lasciando solo un biglietto sul tavolo di cucina, e vagabondò in tutto il paese per sei settimane, raccogliendo materiale per un nuovo libro. Ebbi un gran da fare per trattenerlo dal recarsi a New York onde mettersi in contatto con gli editori e con gente del genere. Gli arrivavano continuamente plichi e ritagli di giornali, ed egli rimaneva assorto a guardarli, trascurando di seminare il grano. Per fortuna il postino arrivava a metà mattinata, quando Andrea era fuori nei campi; cosicché io avevo modo di dare un'occhiata alle lettere prima di lui. Dopo la pubblicazione del secondo libro *Fieno e felicità*, le lettere degli editori divennero così frequenti, che io presi l'abitudine di buttarle tutte nella stufa prima che Andrea le vedesse, escluse quelle dei Decameron e Jones che qualche volta contenevano assegni. Di quando in quando capitavano dei giornalisti ad intervistare Andrea, ma generalmente riuscivo ad allontanarli.

Però Andrea divenne sempre meno agricoltore e sempre più uomo di lettere. Comprò una macchina da scrivere. Egli soleva fermarsi al porcile ad annotare aggettivi per il tramonto, invece di aggiustare la banderuola sul granaio, che si era rotta, cosicché pareva che il vento del nord venisse da sud-ovest. Non consultava quasi più i cataloghi di Sears Roebuck, e dopo una visita del signor Decameron che gli suggerì di scrivere un libro di poemi campestri, divenne semplicemente insopportabile.

Frattanto io contavo uova, preparavo tre pasti al giorno e dirigevo la fattoria quando Andrea, colto da una crisi letteraria, vagabondava in cerca di avventure per un nuovo libro. (Vorrei che aveste veduto in quale stato ritornava da quei viaggi, dopo aver girovagato per le strade senza un soldo né un paio di calze di ricambio. Una volta tornò con una tosse che si poteva sentire fin dall'altra parte del granaio, e dovetti curarlo per tre settimane). Quando un tale pubblicò un libriccino – *Il Saggio di Redfield* – e mi descrisse come la « Santippe campestre » e « il bilanciere domestico che tiene il grande scrittore in contatto con le realtà familiari della vita », mi decisi a somministrare ad Andrea un po' della sua stessa medicina. Ed ecco la mia storia.

2

Sul finire di una splendida mattinata – di ottobre, credo – io ero in cucina e stavo preparando delle mele per farne una conserva. Per pranzo avremmo avuto maiale arrosto con patate bollite, e quella che Andrea chiama « salsa bruna alla Van Dyke ». Andrea era andato in città a far provvista di farina e di cibarie, e non sarebbe ritornato fino a mezzogiorno.

Era un lunedì, e la signora McNally, la lavandaia, era venuta a fare il bucato. Ricordo che stavo avviandomi verso una catasta di legno a prendere qualche fuscello di betulla, quando udii un rumore di ruote al cancello. C'era uno dei più grassi cavalli bianchi ch'io abbia mai visto, e uno strano carro, a forma di furgone. Un buffo ometto dalla barba rossa, sporgendosi dal sedile, disse qualcosa. Non l'udii, stavo osservando il suo assurdo furgone.

Era d'un azzurro pallido, color uovo di pettirosso, e su un lato c'era dipinto, a grandi caratteri scarlatti:

PARNASO AMBULANTE
DI R. MIFFLIN
BUONI LIBRI DA VENDERE
SHAKESPEARE, CHARLES LAMB, R. L. S., HAZLITT,
E TUTTI GLI ALTRI

Sotto al carro erano appesi una specie di tenda, una lanterna, un secchio, ed altre piccole cose. Aveva, sul tetto, un lucernario sollevato, come un antiquato tranvai, e da un angolo sbucava un tubo di stufa. Nella parte posteriore c'era una porta con due piccole finestre, e una scaletta di accesso.

Mentre osservavo il bizzarro equipaggio, l'ometto rossiccio balzò giù, e stette a guardarmi. Nel suo volto una simpatica comicità si mescolava buffamente con una specie di logoro cinismo. Aveva una barbetta rossa dai contorni decisi, la testa pelata, e portava una giacca consunta.

– È qui che vive Andrea McGill? – domandò.

Io lo ammisi. – Ma starà via fino a mezzogiorno, – aggiunsi. – Allora sarà di ritorno. Abbiamo arrosto di maiale, per pranzo.

– E composta di mele? – chiese l'ometto.

– Composta di mele e salsa bruna, – risposi. – Questa è la ragione per cui sono sicura che sarà puntuale. È in ritardo, qualche volta, quando c'è il bollito, ma mai nei giorni dell'arrosto di maiale. Andrea non avrebbe potuto fare il rabbino.

Mi colse un improvviso sospetto.

– Lei non sarà mica un altro editore? – strillai. – Cosa vuole da Andrea?

– Vorrei sapere se comprerebbe tutto questo equipaggiamento, – rispose l'ometto, includendo, in un largo gesto della mano, il carrozzone e il cavallo bianco. Parlando, sganciò un uncino in qualche parte, e sollevò l'intero lato del carro come una tapparella.

Una specie di molla scattò, e la tapparella rimase rigida come un tetto, scoprendo nient'altro che libri – file e file di libri. Il fianco sud del carrozzone non era altro che una grande biblioteca. Gli scaffali stavano uno sopra l'altro, ed erano tutti pieni di libri, vecchi e nuovi. Mentre guardavo, egli tirò fuori da qualche parte un cartoncino stampato, e me lo porse.

PARNASO AMBULANTE
DI
ROGER MIFFLIN

Miei degni amici, il mio carro nasconde
molti libri vecchi e nuovi;
questa carovana viaggiante è piena di libri,
libri, i più sinceri amici dell'uomo.
Libri per tutti i gusti:
auree liriche delle Muse,
libri di cucina e di agricoltura,
romanzi appassionati e affascinanti,
d'ogni specie e per ogni bisogno,
libri fatti per legger con piacere.
Quale libraio può superarci?

Il Parnaso ambulante
di Mifflin
PROPRIETARIO: R. MIFFLIN

Mentre io ridacchiavo, egli sollevò anche l'altro lato del Parnaso, scoprendo altri scaffali, ricolmi di libri.

Temo di essere, per natura, terribilmente pratica.

– Bene – dissi, – penso che lei avrebbe bisogno di un bel destriero robusto per trascinare un tal carico. Deve pesare più di un carro di carbone.

– Oh, Peg se la cava benissimo – egli rispose. – Non viaggiamo molto in fretta. Ma senta, io voglio vendere tutto. Crede che suo marito comprerebbe tutto l'equipaggiamento: il Parnaso, Pegaso e ogni cosa? Gli piacciono i libri, no?

– Un momento! – dissi. – Andrea è mio fratello, e non mio marito, e i libri gli piacciono anche *troppo*. I libri saranno presto la rovina della fattoria. Egli bighellona intorno ai suoi libri come una chioccia, perdendo la metà del tempo che dovrebbe impiegare aggiustando i finimenti. Dio mio! Se vede quel suo carro, sarà agitato per una settimana. Mi tocca fermare il postino sulla strada, e requisire i cataloghi degli editori perché Andrea non li veda. Sono proprio contenta che egli non ci sia adesso, glielo posso assicurare!

Ho già detto che non ho tendenze letterarie, ma sono abbastanza umana da apprezzare un buon libro, e il mio sguardo, mentre parlavo, scorreva lungo gli scaffali. Egli aveva davvero una bella e svariata collezione. Notai poesie, saggi, romanzi, libri di cucina, libri per ragazzi, e testi scolastici, Bibbie, un po' di tutto, mescolato insieme.

– Bene, guardi qui – disse l'ometto, ed io osservai che aveva lo sguardo brillante del fanatico. – Me ne sono andato in giro con questo Parnaso per sette anni. Ho percorso il territorio dalla Florida al Maine, e calcolo di aver iniettato in queste campagne press'a poco tanta buona letteratura quanto il vecchio Dottor Eliot col suo scaffale di cinque piedi.

Adesso voglio vendere. Ho intenzione di scrivere un libro su « La letteratura nelle fattorie » e di stabilirmi perciò con mio fratello a Brooklyn. Ho un sacco di appunti per il libro. Me ne starò qui in giro fino al ritorno del signor McGill, per sentire se vuol comprare tutto. Vendo tutto, il cavallo, il carro e i libri, per quattrocento dollari. Ho letto i libri di Andrea McGill, e ne ho dedotto che la proposta dovrebbe interessarlo. Me la sono goduta un mondo, con questo Parnaso. Ero maestro di scuola, prima che la mia salute cedesse. Allora mi presi questo, e mi sono guadagnato più delle spese, ed ho avuto il più bel periodo della mia vita.

– Bene, signor Mifflin – risposi, – se lei vuol starsene qui intorno, io non posso impedirglielo. Ma mi dispiace che lei sia capitato da queste parti col suo vecchio Parnaso.

Girai i tacchi, e tornai in cucina. Sapevo benissimo che Andrea si sarebbe entusiasmato vedendo il vagone pieno di libri, e uno di quei pazzi biglietti con lo scritto del signor Mifflin.

Devo confessare che ero piuttosto turbata. Andrea è poco pratico e fantasioso come una fanciulla, e sogna sempre nuove avventure e vagabondaggi. Se avesse visto il Parnaso viaggiante se ne sarebbe innamorato fulmineamente. E sapevo che il signor Decameron lo cercava da per tutto per un nuovo libro. (Avevo intercettato una delle sue lettere, che gli suggeriva di scrivere un secondo volume di *Fieno e felicità*, cui avevo dato lo sgambetto proprio poche settimane prima. Andrea era assente quando la lettera arrivò. Ebbi un sospetto del suo contenuto: così l'aprii, la lessi e, sì, la bruciai. Accidenti! Come se Andrea non fosse abbastanza occupato, senza bighellonare per le strade come uno stagnino, per scrivere un altro libro su quell'argomento!).

Mentre lavoravo in cucina, potevo vedere il signor Mifflin che si installava come se fosse a casa sua. Aveva sciolto il cavallo e l'aveva legato allo steccato, si era seduto vicino alla catasta di legno, e s'era acceso la pipa. Sentii che era giunto il mio momento.

A poco a poco mi accorsi che non potevo più sopportarlo. Uscii per parlare con quel calvo mercante.

– Senta – dissi, – è un bel tipo lei, ad accomodarsi così nel mio cortile. Le ho detto che non la volevo qui intorno, né lei, né quel suo arnese viaggiante. Si metta bene in mente che lei deve essere fuori di qui prima del rientro di mio fratello; e non distrugga la nostra felicità familiare.

– Signorina McGill – egli rispose (l'uomo aveva modi simpatici, accidenti a lui, con quegli occhi scintillanti e la sciocca barbetta), – non voglio essere scortese. Se lei mi manda via, andrò di certo; ma l'avverto che aspetterò il signor McGill qui davanti, sulla strada. Sono qui per vendere questa carovana della cultura, e, per le ossa di Swinburne, credo che suo fratello sia uomo da comperarla.

Il sangue mi ribolliva, ora, e devo ammettere che parlai avventatamente:

– Piuttosto che Andrea comperi il suo vecchio arnese – dissi, – lo comprerò io. Le darò trecento dollari.

Il volto dell'ometto si illuminò. Egli non accettò né rifiutò la mia offerta. (Io ero spaventatissima, temendo che egli mi avesse presa in parola: i miei risparmi di tre anni per una Ford se ne sarebbero andati).

– Venga e dia un'altra occhiata – egli disse. Devo ammettere che il signor Roger Mifflin aveva organizzato molto comodamente l'interno del carrozzone. Il corpo del vagone era costruito da ogni lato sopra le ruote, il che gli dava un aspetto pesante, ma offriva maggior spazio per gli scaffali. Lo spazio interno era largo cinque piedi e lungo nove. Da una parte, c'era una piccola stufa a olio, un tavolo ribaltabile e una cuccetta dall'aspetto confortevole, sopra la quale era costruito una specie di armadio per vestiti e simili, immagino. Dall'altra parte, ancora scaffali di libri, un tavolo ed una poltroncina di vimini. Ogni pollice di spazio era utilizzato in qualche modo, per uno scaffale, o un gancio, o un armadietto, o altro.

Sopra la stufa, c'era una fila di vasellame e utensili da cucina. Il lucernario sollevato dava giusto la possibilità di stare in piedi nel centro del carrozzone, e una finestrella scorrevole si apriva in faccia al sedile del guidatore. Nell'insieme, era una cosa molto in ordine. Alle finestre c'erano tendine, e su un minuscolo scaffale stava un vaso di gerani. Mi divertì un cagnolino terrier irlandese color sabbia, raggomitolato sulla vivace coperta messicana della cuccetta.

– Signorina McGill – egli disse, – non potrei vendere il Parnaso per meno di quattrocento dollari. Ne ho spesi due volte tanti. È ben costruito e solido, e c'è tutto il necessario, dalle coperte ai dadi per il brodo. Il tutto è suo per quattrocento dollari, compreso il cane, e la cucina, e ogni cosa: fiocco, asta e randa di mezzana. V'è una tenda legata sotto il carro, e una ghiacciaia – (aprì una piccola saracinesca sotto la cuccetta) – e una latta di olio minerale, e Dio sa cos'altro ancora. È bello come uno yacht, ma ne sono stanco. Se lei ha tanta paura che suo fratello se ne innamori, perché non lo compera lei stessa, e non se ne va via così? Faccia stare a casa lui, a badare alla fattoria. Le dirò che cosa farei io. L'avvierei io stesso sulla strada, e verrei con lei il primo giorno, per mostrarle come funziona. Lei potrebbe avere il più bel periodo della sua vita, e concedersi una magnifica vacanza. Sarebbe anche una bella sorpresa per suo fratello, no?

Non so che cosa fosse, se l'aspetto lindo del suo assurdo furgoncino, o la follia dell'intera proposta, o appunto il desiderio di avere un'avventura mia propria, e di giocare un tiro ad Andrea: in ogni modo, un impulso straordinario mi afferrò, e scoppiai a ridere.

– Bene – esclamai, – lo farò.

Io, Elena McGill, nel mio trentanovesimo anno di età.

3

« Bene », pensai, « giacché mi butto in un'avventura, posso anche agire rapidamente. Andrea sarà a casa alle dodici e mezzo e, dato che sono sul punto di piantarlo in asso, è meglio che parta subito. Immagino che mi crederà pazza! Mi seguirà certo. Beh, non mi raggiungerà, ecco tutto ».

Mi assalì una specie di stizza al pensiero di aver vissuto in quella fattoria per quasi quindici anni – sissignore, da quando ne avevo venticinque – senza lasciarla mai, eccetto quando mi recavo, una volta all'anno, a Boston a far commissioni con la cugina Edie. Credo di avere un'anima casalinga, ed amo la mia cucina, la mia dispensa, il mio guardaroba, quanto li amava mia nonna; ma qualche cosa in quell'azzurra aria di ottobre, e in quel pazzesco ometto dalla barba rossa mi stuzzicò. – Senta, signor Parnaso – dissi, – so di agire come una grassa vecchia stramba, ma credo proprio che farò questa cosa. Lei attacchi il suo cavallo al furgone, mentre io vado a prepararmi il bagaglio, e a firmarle un assegno. Farà un gran bene ad Andrea che io lo pianti. Avrò l'occasione di leggere qualche libro anch'io. Sarà come tornare a scuola.

Mi tolsi il grembiule, e corsi verso casa. L'ometto rimase appoggiato a un angolo del furgone. Appariva stupefatto. E lo era.

Corsi in casa, e il vedere una delle riviste di Andrea sul tavolo della sala di soggiorno col titolo « La rivolta del genere femminino », stampato in lettere rosse, mi colpì come una cosa comica. « Qui si inizia la rivolta di Elena McGill » pensai. Mi sedetti alla scrivania di Andrea e, spinto da parte un fascio di appunti ch'egli aveva buttati giù su « Il magico autunno », scarabocchiai poche righe:

Caro Andrea,

Non credermi pazza. Sono partita alla ventura. Mi è saltato in mente che tu hai vissuto ogni sorta di avventure, mentre io rimanevo a casa a cuocere il pane. La signora McNally si occuperà dei tuoi pasti, e una delle sue ragazze potrà governare la casa. Non ti preoccupare dunque. Me ne vado per un breve periodo - un mese, forse - per provare un po' della tua felicità e fieno. È ciò che le riviste chiamano la rivolta del genere femminino. Gli indumenti pesanti, se ti occorrono, sono nell'armadio di cedro nella dispensa. Affettuosamente

ELENA

Lasciai la lettera sulla scrivania.

La signora McNally era china sui mastelli nella lavanderia. Vedevo soltanto l'ampio arco della sua schiena, e udivo il vigoroso zzzzzz del suo sfregare. Si raddrizzò alla mia chiamata.

– Signora McNally – le dissi, – parto per un viaggetto. Sarebbe meglio che lasciasse il bucato per il pomeriggio, e preparasse il pranzo per Andrea. Sarà di ritorno alle dodici e mezzo. Adesso sono le dieci e mezzo. Gli dirà che sono andata a trovare la signora Collins alla fattoria Locusta.

La signora McNally è una robusta svedese, un poco tarda.

– Benissimo, signorina McGill – rispose. – Torna per pranzo?

– No, starò via un mese. Vado a fare un viaggio. Vorrei che mandasse qui Rosie tutti i giorni per i lavori domestici, mentre io sarò via. Per questo si metterà d'accordo con il signor McGill. Devo spicciarmi, ora.

Gli onesti occhi della signora McNally, azzurri come la porcellana di Copenaghen, guardando perplessi attraverso la finestra, caddero sul Parnaso viaggiante, e sul signor Mifflin che faceva rinculare Pegaso fra le stanghe. La vidi fare un lodevole sforzo per afferrare la scritta dipinta sul fianco del carrozzone, e rinunciarvi.

– Guiderà lei? – domandò con aria confusa.

– Sì – risposi, e corsi di sopra.

Io tengo sempre il mio libretto di banca in una vecchia scatola Hyler, nel cassetto superiore della mia scrivania. Non so risparmiare rapidamente, temo. Ho una piccola rendita lasciatami da mio padre, ma è Andrea che se ne occupa. Andrea paga tutte le spese della fattoria, ma i conti di casa toccano a me. Mi faccio un discreto gruzzolo di moneta spicciola sul mio pollame e sulle mie conserve, che mando a Boston, e su alcune mie ricette, che mando ogni tanto a qualche rivista femminile; ma in generale i miei risparmi non superano di molto i dieci dollari al mese. Negli ultimi cinque anni ho ammassato qualcosa più di seicento dollari. Li avevo messi da parte per una Ford. Ma ora mi pareva che quel Parnaso mi avrebbe procurato un divertimento maggiore di una Ford. Quattrocento dollari sono un mucchio di soldi, ma io pensavo che cosa sarebbe successo se Andrea fosse tornato a casa ed avesse comprato lui il Parnaso. Beh, sarebbe scomparso fino al giorno del Giudizio. Mentre, se lo compravo io, potevo portarmelo via, vivere la mia avventura, e poi venderlo in qualche posto, in modo che Andrea non riuscisse neppure a vederlo. Mi irrigidii in cuor mio, e decisi di somministrare al Saggio di Redfield qualcuna delle sue stesse medicine.

Il mio deposito alla banca nazionale di Redfield era di dollari 615,20. Mi sedetti al tavolo della mia stanza da letto, dove tengo le mie carte, e firmai un assegno di 400 dollari per Roger Mifflin. Feci degli abbondanti svolazzi dopo la cifra, perché nessuno potesse alzarla a 400.000; poi tirai fuori la mia vecchia valigia di fibra, e vi misi qualche indumento. Il tutto non mi prese neanche dieci minuti. Scesi le scale, e trovai la signora McNally che guardava il Parnaso con aria scontenta dalla porta della cucina.

– Lei va via in quel « bus », signorina McGill? – chiese.

– Sì, signora McNally – risposi allegramente. Che

ella avesse usato quella parola mi diede un'ispirazione. – È uno di quei nuovi carrozzoni da noleggio dei quali si sente parlare. Mi porterà alla stazione. Non si preoccupi per me. Mi prendo una vacanza. Lei prepari il pranzo per il signor McGill. Dopo pranzo, gli dica che c'è una lettera per lui nella sala di soggiorno.

– Mi pare che quell'accidente di un veicolo sia molto strano – disse la signora McNally, incuriosita.

Credo che l'ottima donna sospettasse una fuga. Portai la mia valigia al Parnaso. Pegaso se ne stava placidamente fra le stanghe. Dall'interno giungeva un rumore di movimenti energici. A un tratto l'ometto balzò fuori con una ingombrante valigia fra le mani. Aveva un berretto di tweed piantato di traverso e all'indietro.

– Ecco! – esclamò trionfante. – Ho imballato tutti i miei effetti personali, vestiti e simili, e tutto il resto è compreso nella transazione. Quando salirò sul treno con questa borsa, sarò un uomo libero, evviva Brooklyn! Mio Dio! come sarò contento di ritornare in città! Vivevo a Brooklyn una volta; e non vi sono più tornato da dieci anni – aggiunse in tono lamentoso.

– Qui c'è l'assegno – dissi io, porgendoglielo. Egli arrossì un poco, e mi guardò con un'aria piuttosto imbarazzata.

– Senta un po' – mi disse, – spero che lei non stia facendo un cattivo affare. Non voglio approfittare di una signora. Se lei pensa che suo fratello...

– Stavo per comprarmi una Ford, in ogni caso – replicai, – e mi sembra che questo suo arnese debba essere meno costoso da condurre di qualsiasi antiquato veicolo uscito da Detroit. Desidero tenerlo lontano da Andrea, e questa è la cosa principale. Lei mi dia una ricevuta, e andiamo via di qui prima che mio fratello ritorni.

Egli prese l'assegno senza far motto, issò la sua grossa valigia a cassetta, e poi sparì nel carrozzone. Riapparve dopo un minuto. Sul retro di uno dei suoi poetici biglietti da visita aveva scritto:

Ricevuto dalla signorina McGill la somma di quattrocento dollari, in cambio di un Parnaso viaggiante di prima classe, consegnato alla medesima oggi, 3 ottobre 19...

Firmato: ROGER MIFFLIN

– Mi dica – feci io, – il suo Parnaso, o piuttosto il *mio Parnaso*, contiene tutto ciò di cui posso aver bisogno? È fornito di cibarie, ecc.?

– Stavo per venire a questo. Lei troverà una buona scorta di provviste nell'armadio sopra la cucina, benché io avessi l'abitudine di consumare i miei pasti nelle fattorie lungo la strada. Generalmente leggo ad alta voce alla gente, e questa spesso mi offre da mangiare. È sorprendente come la gente di campagna sappia poco di libri, e come le faccia piacere sentire della buona prosa. Giù nella contea di Lancaster, in Pennsylvania...

– Bene, come si fa per il cavallo? – chiesi in fretta, vedendolo sul punto di imbarcarsi in una storiella. Mancava poco alle undici, ed ero ansiosa di partire.

– Sarebbe bene portare un po' di avena. La mia provvista è quasi esaurita.

Riempii un sacco di avena nella stalla, e il signor Mifflin mi mostrò dove appenderla sotto il carrozzone. Poi, in cucina, riempii di vettovaglie un grosso paniere, per un caso di emergenza: una dozzina di uova, un barattolo di pancetta affettata, burro, formaggio, latte condensato, tè, biscotti, marmellata, e due filoni di pane. Tutto questo fu stivato dal signor Mifflin nell'interno del carrozzone, mentre la signora McNally guardava stupita.

– Strana cosa, questa! – ella disse. – Che via prende? Il signor McGill la seguirà?

– No, – insistetti, – lui non viene. Me ne vado via per una vacanza. Lei prepari il pranzo per il signore, e lui non si preoccuperà di niente fin dopo aver mangiato. Gli dica che sono andata a trovare la signora Collins.

Mi arrampicai sulla scaletta, ed entrai nel mio Parnaso con un piacevole brivido di proprietà.

Il terrier sulla cuccetta balzò a terra scodinzolando amichevolmente. Posai sulla cuccetta la mia biancheria e le mie coperte, vi misi anche le poche cose che portavo con me, e fummo pronti per partire.

Barbarossa era già a cassetta, con le redini in mano. Mi arrampicai vicino a lui. Il sedile era largo, ma non imbottito, ben riparato dalla sommità del veicolo. Diedi un rapido sguardo intorno alla comoda casa sotto gli olmi e gli aceri, vidi il vasto granaio rosso splendente al sole e la pompa sotto la vigna. Feci un cenno di saluto alla signora McNally, che ci guardava in silenzioso stupore. Pegaso buttò il suo solido peso contro le tirelle, e il Parnaso oscillante rotolò verso il cancello. Svoltammo nella strada di Redfield.

– Ecco – disse Mifflin, porgendomi le redini, – lei è il capitano, è meglio che guidi lei. Dove vuole andare?

Il mio respiro si accelerò mentre mi rendevo conto che la mia avventura era incominciata.

4

Appena lasciata la fattoria, la strada si biforca: una via corre verso Walton, dove si attraversa il fiume su un ponte coperto, l'altra serpeggia giù verso Greenbriar e Port Vigor. La signora Collins abita a un miglio circa sulla strada di Walton, e siccome molto spesso faccio una scappata da lei, pensai che Andrea probabilmente sarebbe venuto a cercarmi lì. Così, dopo che fummo passati attraverso il boschetto, svoltai a destra per Greenbriar. Cominciammo la lunga salita della collina di Huckleberry, e nel sentire il fresco odore delle foglie d'autunno, non potei trattenere un risolino.

Il signor Mifflin sembrava in un'estasi di buon umore. – Questa è una cosa grande – disse. – Oh Signore, io applaudo al suo coraggio. Crede lei che il signor McGill le darà la caccia?

– Non ne ho idea – risposi. – Non immediatamente, in ogni modo. È così abituato alle mie consuetudini ordinate, che credo non sospetterà di niente, finché non troverà la mia lettera. Mi domando che specie di storia gli racconterà la signora McNally!

– Che ne dice, di fargli perdere le tracce? – chiese Mifflin. – Mi dia il suo fazzoletto.

Glielo diedi. Saltò fuori agilmente, corse giù per la collina (era una personcina agile, nonostante la sua calvizie), e lasciò cadere il fazzoletto sulla strada di Walton, a circa cento piedi più in là della biforcazione. Poi mi seguì su per il declivio.

– Ecco – disse, allegro come un monello, – questo lo trarrà in inganno. Il Saggio di Redfield seguirà indubbiamente una falsa orma, e i criminali ci guadagneranno una buona partenza. Ma temo sia piuttosto facile seguire un naviglio così insolito come il Parnaso.

– Mi dica come se la cavava con questo affare – gli chiesi. – Davvero ne ritraeva un certo profitto?

Ci fermammo in cima alla collina, per dare un po' di respiro a Pegaso. Il terrier si accovacciò nella polvere, guardandoci con gravità. Mifflin tirò fuori una pipa, e mi chiese il permesso di fumare.

– È piuttosto comico il modo come incominciai – egli disse. – Ero maestro di scuola giù nel Maryland. Avevo sgobbato per anni in una scuola di campagna, con un salario da fame. Tentavo di mantenere una madre inferma e di mettere via qualche cosa in caso di infortunio. Ricordo che mi domandavo se sarei mai riuscito a portare un vestito che non fosse logoro, e delle scarpe lucidate ogni giorno. Poi la mia salute cedette. Il medico mi ordinò di stare all'aria aperta. A poco a poco mi venne l'idea di una libreria ambulante. Ero sempre stato amante dei libri, e nei giorni in cui stavo a pensione da agricoltori ero solito legger loro ad alta voce. Dopo la morte di mia madre, mi fabbricai il furgone secondo le mie idee. Comprai uno stock di libri in un grande negozio di seconda mano a Baltimora, e mi misi in marcia. Il Parnaso mi ha press'a poco salvato la vita immagino.

Spinse indietro il suo vecchio berretto sciupato, e riaccese la pipa.

Incitai Pegaso, e ci avviammo verso l'altipiano, guardando giù verso i pascoli.

Lontani campanacci di vacche facevano « din-don » fra i cespugli. Al di là del pendio potevo scorgere la strada che si snodava verso Redfield. In qualche punto su quella strada Andrea stava ritornando a casa, verso l'arrosto di maiale e la composta di mele; e qui stavo io, in partenza per la prima follia della mia vita, senza nemmeno uno scrupolo di coscienza.

– Signorina McGill – disse l'ometto, – questo padiglione a ruote è stato per me, in questi sette anni, moglie, medico, e religione. Un mese fa il pensiero di lasciarlo mi sarebbe parso assurdo. Ma non so come, poi sentii la necessità di un cambiamento. Da tanto tempo aspiro a scrivere un libro, ed ho bisogno di un solido scrittoio sotto i miei gomiti, e di un tetto sopra la testa. Per quanto sciocco possa sembrare, ho la smania di tornare a Brooklyn. Mio fratello ed io vivevamo là, da bambini. Oh, poter passeggiare sul vecchio ponte al tramonto, e vedere le torri di Manhattan contro il cielo rosso! E quei vecchi incrociatori grigi giù nel cantiere navale. Lei non sa come mi sono sentito spinto a vendere. Ho venduto una quantità di copie dei libri di suo fratello, e spesso ho pensato che egli sarebbe stato l'uomo adatto a comperare il Parnaso, qualora io me ne fossi stancato.

– Difatti, così sarebbe stato – risposi io. – Proprio l'uomo fatto per vagabondare allegramente con questo veicolo, trascurando la fattoria. Ma mi dica della vendita dei libri. Che guadagno ne trae? Stiamo per passare dalla fattoria della signora Mason, e potremmo venderle qualche cosa, tanto per cominciare.

– È semplicissimo. Io rifornisco il mio stock ogni volta che passo da una grande città. C'è sempre qualche grande negozio di seconda mano, dove si può raccogliere un po' di tutto. E ogni tanto scrivo a un venditore all'ingrosso di New York, per avere un po' di merce. Quando compro un libro, segno sul retro quanto l'ho pagato, così so per quanto posso offrirlo. Guardi qui.

Tirò fuori un libro da dietro il sedile – una copia di *Lorna Doone* – e mi mostrò le lettere *a m*, scarabocchiate a matita sul retro.

– Questo significa che l'ho pagato dieci cent. Ora, se lo vende per un quarto di dollaro, ne ha un buon guadagno. La manutenzione del Parnaso mi costa circa quattro dollari alla settimana, generalmente meno. Se lei in sei giorni riesce a recuperare questa somma, alla domenica può riposare tranquilla.

– Come fa a sapere che *a m* vuol dire dieci cent? – domandai.

– La parola del codice è *manuscript*. Ogni lettera

significa una cifra, dallo 0 al 9, capisce? – Scarabocchiò su un foglietto di carta:

m a n u s c r i p t
0 1 2 3 4 5 6 7 8 9

– Ora, come vede, *a m* significa 10, *a n* vorrebbe dire 12, *n s* è 24, *a c* 15, *a m m* 100 dollari, e così via. Come regola generale, non pago molto di più di cinquanta cent per un libro, perché la gente di campagna non osa spendere molto per i libri. Spenderanno un mucchio di soldi per una macchina agricola, o per un baroccino, ma nessuno ha insegnato loro a preoccuparsi di letteratura. Però è sorprendente vedere come si eccitano intorno ai libri, se si sa vendere loro il genere adatto. Sopra Port Vigor c'è un agricoltore che aspetta il mio ritorno, ci sono stato tre o quattro volte, e comprerà per il valore di circa cinque dollari, se ben lo conosco. La prima volta che ci andai, gli vendetti *L'isola del tesoro,* e ne parla ancora adesso. Gli ho venduto *Robinson Crusoe*, e *Piccole donne* per sua figlia, e *Trota di Finlandia,* e il libro di Grubb sulle patate. L'ultima volta voleva un'opera di Shakespeare, ma non gliel'ho voluta dare. Pensavo che non potesse ancora arrivarci.

Cominciai a vedere nel lavoro dell'ometto un certo idealismo. Era, a modo suo, una specie di missionario viaggiante. E anche un formidabile chiacchierone. Ora i suoi occhi scintillavano e lo vedevo riscaldarsi.

– Signora – esclamò, – quando si vende un libro a una persona, non gli si vendono soltanto dodici once di carta con inchiostro e colla, gli si vende un'intera nuova vita. Amore e amicizia e umorismo e navi in mare di notte; c'è tutto il cielo e la terra in un libro, in un vero libro, intendo. Caspita! S'io fossi il fornaio o il macellaio o il venditore di scope, la gente correrebbe al cancello al mio passaggio, in attesa della mia merce. E qui vado carico di salvezza eterna, sissignora, salvezza per le loro piccole menti limitate, ed è difficile farlo loro capire. È per questo che vale la pena: sto facendo qualche cosa che nessun altro, da Nazareth, Maine, a Walla Walla, Washington, ha mai pensato di fare. È un nuovo campo d'azione, ma per le ossa di Whitman, ne vale la pena! È questa la cosa di cui ha bisogno questo paese: più libri!

Rideva lui stesso della sua veemenza.

– Sa, è comico – aggiunse, – persino gli editori, che stampano libri, non sono capaci di vedere ciò che sto facendo per loro. Alcuni di loro mi rifiutano il credito perché io vendo i libri per quello che valgono, invece che per il prezzo di copertina. Mi scrivono delle lettere sulla necessità di sostenere i prezzi, ed io rispondo sulla necessità di sostenere la qualità. Pubblicate un buon libro, ed io riuscirò ad averne un buon prezzo! dico. Qualche volta penso che gli editori ne sappiano meno di qualsiasi altro sui libri. Ritengo però che questo sia naturale. La maggior parte degli insegnanti non conosce molto i ragazzi.

– Ma la cosa migliore è questa, cioè che ho trascorso giorni tanto belli. Peg, Bock (il cane) ed io andiamo vagando lungo la strada in una calda giornata estiva, e troviamo ogni tanto qualche locanda, i cui pensionati digeriscono le loro colazioni sulle sedie a dondolo della veranda. La maggior parte di loro si annoia a morte, niente di buono da leggere, nient'altro che star seduti a guardare le mosche ronzanti al sole, e le galline che razzolano nella polvere, Per prima cosa, vendo loro una mezza dozzina di libri, che suscitano in loro l'amore alla vita, ed essi non dimenticano presto il Parnaso. Guardi per esempio O. Henry: non esiste nessuno tanto maledettamente sonnacchioso da non gustare le storie di quest'uomo. Egli capiva la vita, e sapeva descriverla in tutti i suoi piccoli svolgimenti. Ho passato una sera a leggere O. Henry e Wilkie Collins alla gente, e tutti hanno comperato i loro libri, e chiesto di averne altri.

– Che cosa fa d'inverno? – chiesi; domanda pratica, come la maggior parte delle mie.

– Questo dipende da dove mi trovo quando comincia il brutto tempo – rispose il signor Mifflin. – Per due inverni rimasi nel Sud, e mi arrangiai in modo da far lavorare il Parnaso per tutta la stagione. Altrimenti, mi fermo nel posto dove mi trovo. Non ho mai avuto difficoltà nel trovare alloggio per Peg, e un lavoro per me stesso, se era necessario. L'inverno scorso, lavorai in una libreria a Boston. L'inverno precedente, mi impiegai in una drogheria di campagna in Pennsylvania. Prima ancora, avviai allo studio della letteratura inglese due ragazzetti. E l'inverno prima, fui cameriere su un piroscafo. Vede com'è: ho avuto una bella varietà di esperienze. Per quel che posso giudicare, un uomo che ama i libri non soffrirà mai la fame! Ma quest'inverno ho intenzione di vivere a Brooklyn con mio fratello, e di lavorare seriamente al mio libro. Mio Dio! quanto ho riflettuto su tutto questo! Per lunghi pomeriggi d'estate sono stato seduto qui, trotterellando lentamente nella polvere, ruminandoci sopra finché mi pareva che la testa mi scoppiasse. Vede, la mia idea è che la gente volgare, voglio dire di campagna, non ha mai avuto l'occasione di possedere dei libri, e mai nessuno che le spiegasse che cosa questi possano significare. È molto semplice per i presidi di collegi sfoggiare i loro scaffali da cinque piedi di grande letteratura, e per gli editori far pubblicità ai loro classici rilegati in tela; ma quello di cui ha bisogno la gente è materiale buono, casalingo, onesto, qualche cosa che entri loro nel sangue, che li faccia ridere e tremare e provare nausea al pensiero della piccolezza di questo globo rotante nello spazio, senza concludere un fico secco. E qualche cosa che li sproni a tenere il focolare ben spazzato, e le cataste di legna pronte per l'uso, e i piatti lavati e asciugati e ben riposti. Chiunque sappia indurre la gente di campagna a leggere qualcosa che valga la pena, rende un vero servizio al suo paese. Ecco la spiegazione di questa carovana di cultura. Ma lei deve essere stanca di quest'arringa! Chiacchiera tanto anche il Saggio di Redfield?

– Non con me, – risposi, – mi conosce ormai da tanto tempo, che mi considera una specie di macchina vivente per cuocere il pane e confezionare dolci. Scommetto che non dà molto peso al mio giudizio in materia letteraria. Ma mette senza riserve la sua digestione nelle mie mani. Ecco la fattoria dei Mason. Penso che faremmo bene a vendere loro qualche libro, non è vero? Tanto per incominciare.

Svoltammo nel viale che conduce su alla fattoria Mason. Bock trotterellava davanti, rigido sulle gambe, e scodinzolando allegramente, per intervistare il mastino; e la signora Mason, che sedeva sotto il portico a sbucciar patate, depose il tegame. È una donna alta e formosa, con ridenti occhi bruni, simili a quelli di una mucca.

– Per amor del cielo, signorina McGill! – esclamò con voce allegra, – sono contenta di vederla! Le hanno dato un passaggio, no?

In realtà non aveva notato l'insegna sul Parnaso, e credeva fosse un comune furgone di rigattiere.

– Sa, signora Mason – dissi io, – mi sono messa nel commercio librario. Le presento il signor Mifflin. Ho comprato la sua mercanzia e siamo venuti per venderle qualche libro.

Ella si mise a ridere.

– Via, Elena – replicò, – non mi prenda in giro! L'anno scorso ho comprato da un rappresentante un intero lotto di libri, *Le grandi orazioni funebri del mondo*, venti volumi. Sam ed io non ne abbiamo ancora letto il primo volume. È terribilmente disagevole leggere!

Mifflin saltò giù, e alzò la parete laterale del furgone. La signora Mason si avvicinò. Mi divertì vedere come l'ometto si ringalluzziva alla vista di una cliente. Evidentemente, il vender libri era cibo per i suoi denti.

– Signora – cominciò, – le orazioni funebri (rilegate in tela da sacco, suppongo?) hanno la loro importanza, ma la signorina McGill ed io abbiamo alcuni veri libri sui quali richiamo la sua attenzione. Presto verrà l'inverno, e le occorrerà qualcosa di più allegro per ingannare le sue serate. Molto probabilmente lei ha dei figlioli, che possono trar profitto da uno o due buoni libri. Un libro di fiabe per la bambina che vedo sotto il portico? O storie d'inventori per quel ragazzo che tenta di rompersi il collo saltando giù dall'alto del granaio? Oppure un libro intorno al modo di costruire le strade per suo marito? Vi è certo qui qualcosa che le può servire. La signorina McGill probabilmente conosce i suoi gusti.

Quell'ometto dalla barba rossa era di sicuro un venditore nato.

Come avesse indovinato che il signor Mason era il commissario stradale della nostra contrada, Dio solo lo sa. Forse era soltanto un colpo fortunato. Nel frattempo la maggior parte della famiglia si era raccolta intorno al carro, ed io vidi il signor Mason venire al granaio col suo dodicenne Billy.

– Sam – gridò la signora Mason, – qui c'è la signorina McGill che è diventata venditrice di libri, e che ha un predicatore con sé!

– Salve, signorina McGill! – disse il signor Mason. È un uomo alto, dai movimenti lenti, gravi e solenni.

– Dov'è Andrea?

– Andrea sta ritornando a casa per mangiare il suo arrosto di maiale con composta di mele – risposi, – ed io me ne vado a vendere libri per vivere. Il signor Mifflin qui mi sta insegnando. Abbiamo un libro sulle riparazioni stradali che è proprio quello che fa per lei.

Vidi il signore e la signora Mason scambiarsi delle occhiate.

Evidentemente mi credevano pazza. Cominciavo a domandarmi se non avevamo sbagliato rivolgendoci a persone che conoscevo così bene. La situazione era un tantino imbarazzante. Il signor Mifflin venne alla riscossa.

– Non si allarmi, signore – disse al signor Mason. – Io non ho rapito la signorina McGill –. (Siccome io son grossa il doppio di lui, l'uscita era divertente). – Stiamo tentando di aumentare le entrate di suo fratello, vendendo per lui i suoi libri. Sta di fatto che abbiamo una scommessa con lui, che possiamo vendere cinquanta copie di *Fieno e felicità*, prima della vigilia di Ognissanti. Ora sono sicuro che il suo spirito sportivo ci assisterà, facendole acquistare almeno una copia. Andrea McGill è probabilmente il più grande autore di questo Stato, ed ogni contribuente dovrebbe possedere i suoi libri. Posso mostrarle una copia?

– Questo appare ragionevole – disse il signor Mason, e quasi sorrideva. – Cosa ne dici, Emma? Pensi che sia meglio comperare un libro, oppure due? Sai, quelle orazioni funebri...

– Bene – replicò Emma, – sai che abbiamo sempre detto che avremmo dovuto leggere uno dei libri di Andrea McGill, ma che non sapevamo bene come procurarcelo. L'individuo che ci vendette i discorsi funebri sembrava non conoscere quei libri –. Poi, rivolgendosi a noi: – E voi, brava gente, fareste meglio a fermarvi a pranzo con noi, così potreste indicarci che cosa dovremmo leggere. Stavo proprio per metter le patate sul fornello.

Devo confessare che la prospettiva di sedermi a mangiare un pasto non cucinato da me stessa mi attirava fortemente; ed ero curiosa di vedere che razza di cibo la signora Mason ammannisse alla sua famiglia, ma temevo che ci fossimo già troppo indugiati. Andrea avrebbe potuto raggiungerci. Stavo per dire che dovevamo proseguire, e che non potevamo fermarci, ma evidentemente il piacere di riversare la propria filosofia sopra nuovi ascoltatori era troppo forte per Mifflin. Lo udii dire:

– Questo è infinitamente gentile da parte sua, signora Mason, e noi saremmo lietissimi di rimanere; potrei forse mettere per un poco Peg nel suo granaio. Poi le diremo tutto sui nostri libri.

E con mio stupore mi trovai a far coro con lui.

Indubbiamente Mifflin superò se stesso, a pranzo. Il fatto che i biscotti caldi della signora Mason sapessero di bicarbonato di soda mi diede meno soddisfazione di quanto mi aspettassi, perché ero assorta nell'ascoltare le chiacchiere del piccolo vagabondo. Il signor Mason venne a tavola borbottando qualcosa sul suo telefono guasto (mi domandai se avesse tentato di chiamare Andrea; aveva un po' paura ch'io fossi scappata di casa), ma fu presto conquistato dalla gaia irruenza dell'ometto. Niente intimidiva Mifflin. Parlava di trapunte con la vecchia nonna; le offriva di tagliar via una striscia della sua cravatta per il suo nuovo lavoro di rattoppo, e le descriveva il libro illustrato sui lavori di trapunto che aveva nel carrozzone. Discuteva di cucina e sulla Bibbia con la signora Mason; e questa, essendo un luminare della scuola festiva di Greenbriar, si scandalizzava per celia alla sua esposizione delle migliori storie poliziesche dell'Antico Testamento. Col signor Mason, era tutto agricoltura scientifica, concimi chimici, strade di *macadam*, rotazione dei raccolti; e al piccolo Billy, seduto accanto a lui, narrava racconti straordinari su Daniele Boone, Davy Crocket, Kit Carson, Buffalo Bill, e quant'altri mai.

Francamente devo dire che ero stupefatta davanti all'ometto. Era brillante come una cicala sul focolare, e ciò nonostante, traspariva a tratti la sua serietà. Non mi stupiva che avesse successo nel vendere i libri. Avrei scommesso che quell'uomo avrebbe potuto vendere spilli e giarrettiere, facendoli apparire oggetti pieni di fascino.

– Sa, signor Mason – diceva, – il suo dovere è quello di metter qualche buon libro nelle mani di questi suoi giovincelli. I ragazzi di città possono andare nelle librerie, ma in campagna c'è soltanto il vecchio almanacco Doc Hostetter, e le lettere scritte da signore afflitte dal mal di schiena, che raccontano come miracolosamente ne guariscono. Dia al suo ragazzo e alla bambina pochi buoni libri, e li avvierà su un doppio binario al posto di blocco della felicità. Ecco qui *Piccole donne*; questa sua bimba può impararvi di più sulla vera fanciullezza e sulla bella femminilità, che passando un anno a ritagliare bambole di carta sotto il portico.

– Questo è giusto, pa' – assentì la signora Mason. – Vada avanti a mangiare, professore, la carne si raffredderà –. Era completamente conquistata dal libraio ambulante, e gli aveva dato il più alto titolo d'onore che conoscesse. – Ho letto quella storia quand'ero una ragazzina, e ancora me la ricordo. Quella è una lettura migliore per Dorothy, che non quei discorsi funebri, lo riconosco. Io credo che il professore abbia ragione; dovremmo aver più libri intorno a noi. È quasi una vergogna, con uno scrittore famoso nella fattoria vicina, non leggere di più, non è vero?

Così, quando arrivammo al momento della focaccia della signora Mason (è buona, lo ammetto, ma la sua mano è un po' pesante nella pasticceria), l'intera famiglia era entusiasta in materia di libri, e l'atmosfera era letteraria, tanto che avrebbe consentito persino al dottor Eliot di respirarvi senza oppressione.

La signora Mason aprì il suo salotto, e ci sedemmo a sentire Mifflin recitare *La rivincita*, e *Maud Muller*.

– Bene, non è davvero delizioso? – esclamò Emma Mason. – È sorprendente come quelle parole rimino con garbo. Pare quasi sia fatto di proposito. Mi ricorda il giorno del saggio, a scuola. Avevo imparato un gran bel brano, intitolato *Il naufragio dell'Asperus* –. E si abbandonò a una dolce malinconia.

Vidi che il signor Mifflin era in balia della sua passione: aveva incominciato a raccontare ai bambini la storia di Robin Hood, ma io ebbi il buon senso di strizzargli l'occhio. Dovevamo rimetterci in cammino, o certo Andrea ci avrebbe rintracciati. Così, mentre Mifflin riattaccava Pegaso, io trassi fuori sette o otto libri, che mi parevano adatti ai bisogni dei Mason. Il signor Mason insistette perché *Fieno e felicità* fosse incluso tra questi, e mi diede un frusciante biglietto da cinque dollari, rifiutando il resto. – No, no – disse, – mi sono divertito di più che a un ritrovo in una fattoria. Ritorni ancora, signorina McGill; dirò ad Andrea che buono spettacolo offre questo vostro teatro viaggiante. E lei, professore, ogni volta che passerà da queste parti, durante la stagione delle riparazioni stradali, si fermi qui a darmi qualche altro buon consiglio. Bene, ora devo ritornare ai campi.

Bock si accucciò sotto il carrozzone, che si avviò stridendo lungo il viale. Mifflin si riempì la pipa, e ridacchiava fra sé. Io ero un po' preoccupata, ora, per il timore che Andrea ci raggiungesse.

– È un miracolo che Sam Mason non abbia telefonato ad Andrea – osservai. – Gli deve essere sembrato assai strano che una vecchia fattoressa come me se ne vada in giro smerciando libri.

– Lo avrebbe fatto immediatamente – replicò Mifflin, – ma, vede, io gli avevo tagliato i fili del telefono.

5

Guardai attonita quel piccolo briccone incantatore. Ecco un nuovo aspetto dell'amabile idealista! Evidentemente vi era una striatura di diavoleria in lui, assieme al suo gentile amore per i libri. Sono costretta a dire che ora, per la prima volta, lo ammiravo. Avevo dato fuoco alle polveri dietro di me, e mi piaceva l'idea che anche lui, nella necessità, fosse capace di agire con prontezza.

– Ma bene! – esclamai. – Lei è un bel birbante! Un buon affare per lei non aver più fatto il maestro di scuola. Avrebbe potuto insegnare ai suoi alunni alcune belle diavolerie! E alla sua età, anche!

Temo che qualche volta la mia canzonatura passi un po' i limiti.

Egli arrossì un poco, alla mia allusione alla sua età, e aspirò forte dalla pipa.

– Dico – rimbeccò, – che età crede che abbia, in ogni modo? Soltanto quarantun anni, per le ossa di Byron! Enrico VIII aveva solo quarantun anni quando sposò Anna Bolena. Si trovano molte consolazioni nella storia, per la gente sopra i quaranta! Se ne ricordi quando ci arriverà.

– Shakespeare scrisse il *Re Lear* a quarantun anni – aggiunse, di migliore umore, e poi scoppiò a ridere. – Mi piacerebbe pubblicare una serie di « Classici del cloroformio », per includervi solo libri scritti dopo i quarant'anni. Chi fu quel dottore che raccomandò gli anestetici per noi di quest'età? Non è proprio cosa da medico? Curarci nelle malattie dell'infanzia, e non appena ci stabiliamo in permanente buona salute, e in mondana saggezza, liberi da dottorali parcelle, ecco che il medico si disinteressa di noi! Per Giove! Devo annotarmi questo, e metterlo nel mio libro –. Tirò fuori un taccuino, e buttò giù: « Classici del cloroformio », in una scrittura piccola e nitida.

– Bene – dissi. (Mi sentivo un po' contrita, e sinceramente spiacente di averlo offeso). – Ho passato anch'io i quaranta, in certo senso, sicché la gioventù non costituisce più un terrore per me.

Mi guardò in un modo piuttosto comico.

– Mia cara signora – disse, – la sua età è precisamente di diciotto anni. Io penso che se sfuggiamo alle grinfie del Saggio di Redfield, lei può veramente incominciare a vivere.

– Oh, Andrea non è un cattivo diavolo – risposi, – è distratto, impulsivo, e un po' egoista. Gli editori hanno fatto del loro meglio per guastarlo, ma, per un letterato, lo trovo molto umano. Mi ha liberata dalla posizione di governante, e questo è a suo credito. Se soltanto non prendesse i suoi pasti così automaticamente!

– La cosa assurda in lui è che veramente sa scrivere

– disse Mifflin, – lo invidio per questo. Non gli faccia sapere che l'ho detto, ma è un fatto che la sua prosa è buona quasi quanto quella di Thoreau. Egli presenta i fatti con una delicatezza simile a quella d'un gatto che attraversa una strada bagnata.

« Dovrebbe vederlo a tavola » pensai io; o meglio, credevo di pensarlo soltanto, ma le parole mi sfuggirono dalla bocca. Mi sorpresi a pensare ad alta voce in un modo piuttosto sconcertante, mentre sedevo accanto a quello strano ometto.

Egli mi guardò. Notai per la prima volta che i suoi occhi erano d'un azzurro ardesia, con delle buffe zampe di gallina agli angoli.

– È così – egli osservò. – Non ci avevo mai pensato. Uno stile di prosa molto fine presuppone un vigoroso nutrimento. Eccellente spunto, questo... Eppure Thoreau cucinava da sé. Scommetto che era una specie di boy-scout, con un distintivo di capo-cuoco. Forse portava con sé nei boschi del lardo Beechnut. Mi domando chi cucinasse per Stevenson. Cumm? Il *Giardino dei versi del fanciullo* era realmente una specie di giardino-cucina, non è vero? Temo che il problema annonario abbia pesato piuttosto gravemente su di lei. Sono contento che se ne sia liberata.

Tutto ciò stava diventando piuttosto complicato per me. Lo metto giù come me lo ricordo, scorrettamente forse. I miei giorni di governante sono lontani ormai, e il comune buon senso mi si addice più che non le sottigliezze letterarie. Dissi qualcosa di simile.

– Buon senso? – ripeté. – Buon Dio, signora, il

buon senso è la cosa meno comune al mondo. Io non ne ho. Non credo che suo fratello ne abbia, da quanto lei mi dice. Bock ne ha. Guardi come trotta lungo la strada, tenendo d'occhio il paesaggio, e badando ai fatti suoi. Non l'ho mai visto finora attaccar lite. Vorrei poter dire la stessa cosa di me stesso. L'ho chiamato così dal Boccaccio, per ricordarmi di leggere il *Decamerone*, una volta o l'altra.

– A giudicare dal modo come parla – dissi, – lei stesso dovrebbe essere uno scrittore.

– I chiacchieroni non scrivono mai, continuano a chiacchierare.

Ci fu un prolungato silenzio. Mifflin riaccese la pipa, e si mise ad osservare il paesaggio, con occhio acuto. Io tenevo le redini molli, e Peg trottava via con un clop clop costante. Il Parnaso scricchiolava piacevolmente, e il sole pomeridiano inondava la strada. Passammo davanti a un'altra fattoria, ma non suggerii di fermarci, perché sentivo che dovevamo andare avanti.

Mifflin sembrava perduto in meditazioni, ed io incominciavo a domandarmi, un po' inquieta, che piega avrebbe presa l'avventura. Quel bizzarro, magistrale ometto era un tantino sconcertante. Al di là della prossima altura vedevo splendere bianca la guglia della chiesa di Greenbriar.

– Conosce lei questa parte del paese? – domandai finalmente.

– Non proprio questa. Sono stato spesso a Port Vigor, ma poi ho sempre fatto la strada che corre lungo il Sound. Suppongo che questo villaggio qui davanti sia Greenbriar.

– Sì, è tredici miglia da Port Vigor. Come pensa di tornare indietro per Brooklyn?

– Oh, Brooklyn? – rispose vagamente. – Sì, avevo dimenticato Brooklyn, per il momento. Stavo pensando al mio libro. Beh, credo che prenderò il treno da Port Vigor. La seccatura è che non si può arrivare a Brooklyn senza passare da New York. Suppongo che ciò sia simbolico.

Ci fu di nuovo silenzio. Alla fine egli chiese:

– C'è un'altra città fra Greenbriar e Port Vigor?

– Sì, Shelby. A circa cinque miglia da Greenbriar.

– Questa è una giusta distanza per arrivarci stasera. L'accompagnerò a Shelby, e poi mi metterò in cammino per Port Vigor. Spero vi sia a Shelby una locanda dove lei possa pernottare.

Lo speravo anch'io, ma non volevo lasciargli capire che, con lo svanire del giorno, il mio entusiasmo era un po' meno vivo. Mi domandavo che cosa pensasse Andrea, e se la signora McNally se la fosse sbrigata bene! Come la maggior parte delle svedesi, doveva essere sorvegliata, altrimenti faceva il suo lavoro soltanto per tre quarti. E non mi fidavo neanche troppo di sua figlia Rosie, per tenere la casa in efficienza. Chissà che genere di pasti avrebbe avuto Andrea. E probabilmente avrebbe continuato a portare le maglie estive, sebbene io gli avessi già rammentato di cambiarle. Poi c'erano i polli...

Beh, ormai il Rubicone era passato, e non c'era niente da fare.

Con mia grande sorpresa, il piccolo Barbarossa aveva indovinato la mia ansia.

– Ora non si tormenti per il Saggio – disse gentilmente. – Un uomo che incassa le sue percentuali non rischia di digiunare. Per le ossa di Johan Murray, i suoi editori possono ben mandargli una cuoca se è necessario! Questa è una vacanza per lei, non se ne dimentichi!

Con questo allegro pensiero in mente, rotolammo tranquilli giù per la collina verso Greenbriar.

Credo di non essere meno ardita della maggioranza della gente: ma confesso che ero un po' esitante all'idea di affrontare le varie persone che conosco a Greenbriar, in qualità di proprietaria di un furgone di libri, e in compagnia di un rigattiere letterario. Pensavo anche che era meglio che non mi mettessi in vista, se mai Andrea avesse voluto rintracciarci. Così, dopo aver detto al signor Mifflin come stavano le cose, a mio parere, mi tuffai nel Parnaso, e mi distesi comodamente sulla cuccetta. Bock il terrier mi raggiunse, ed io mi riposai in gran conforto di corpo e di mente, mentre trottavamo giù per la discesa. Il sole brillava attraverso il piccolo lucernario, indorando una pentola di stagno, appesa sopra la cucina. Qua e là erano appesi ritratti di autori, e notai anche uno sgualcito ritaglio di giornale, attaccato con uno spillo. L'intestazione era: « Conferenze letterarie di un merciaio ambulante sulla Poesia ». Lo lessi. Evidentemente il professore (avevo cominciato a chiamarlo così anch'io, perché quel titolo tanto appropriato mi si era impresso nella mente) aveva tenuto una conferenza a Camden, N. J., in cui aveva asserito che Tennyson era un poeta più grande di Walt Whitman; e i sostenitori del poeta di Camden avevano ravvivato la serata con lancio di proiettili. Pare che il principale discepolo di Whitman a Camden sia il signor Traubel; e il signor Mifflin aveva dato il via alla disputa asserendo che anche Tennyson aveva « i suoi Traubels ».[1] Che assurda creatura era il professore, pensavo, mentre giacevo piacevolmente cullata dal dondolio delle ruote.

Greenbriar è una cittadina sparpagliata, costruita intorno a un gran prato. Il piano generale di Mifflin per le città, egli mi aveva detto, era di fermare il Parnaso di fronte al negozio o all'albergo principale, e, una volta radunata una piccola folla, sollevare le pareti del carrozzone, distribuire i suoi biglietti da visita, e tenere una concione sul valore dei buoni libri. Io stavo nascosta nell'interno del furgone, ma indovinavo dai rumori che questo appunto stava succedendo. Ci fu una pausa; udii un crescente movimento di voci e di risa all'esterno, poi il clic delle pareti del furgone che si alzavano. Udii la voce acuta e leggermente nasale di Mifflin che faceva osservazioni facete mentre porgeva i biglietti. Di certo Bock era abituato a quella routine, e, pur agitando gentilmente la coda quando il professore cominciò a parlare, rimase placido a pisolare ai miei piedi.

– Amici miei – prese a dire Mifflin, – ricordate il gioco di parole di Abe Lincoln sul cane? Se voi chiamate la coda una gamba, quante gambe ha il cane? Cinque, rispondete. No, dice Abe: perché chiamare gamba una coda, non la fa diventare una gamba. Ebbene, c'è un sacco di gente nello stesso caso di quella coda del cane. Chiamarci uomini non ci *fa* essere uomini. Nessuna creatura sulla terra ha il diritto di credersi un essere umano, se non conosce almeno un buon libro. L'uomo che passa tutte le serate al caffè, succhiando Piper Heidsieck, è indegno di afferrare i comandi di un benevolo Creatore. L'uomo che tiene alcuni buoni libri nel suo scaffale rende felice sua moglie, insegna ai suoi figli una condotta onesta, e probabilmente sarà lui stesso un miglior cittadino. Che ne dice, signor Pastore?

Udii la voce profonda del reverendo Kane, il ministro metodista:

– Lei ha tutte le ragioni, professore! – gridò. – Ci parli ancora di libri. Io sono pienamente con lei!

Evidentemente il signor Kane era stato attratto dalla vista del Parnaso, e lo sentivo mormorare fra sé mentre tirava fuori uno o due libri dagli scaffali. Come sarebbe stato sorpreso se avesse saputo che io ero nell'interno del carrozzone! Presi la precauzione di far scorrere il catenaccio dietro la porta, e tirai le tendine. Poi strisciai indietro sulla cuccetta. Cominciavo a immaginare in che situazione assurda mi sarei trovata se Andrea fosse apparso sulla scena.

– Voi siete abituati a rigattieri e merciai e a tipi

che vendono ogni sorta di paccottiglia, dalle scope alle banane – continuava la voce del professore, – ma quando mai passa di qui qualcuno a vendervi libri? Avete la vostra biblioteca circolante in città, immagino, ma vi sono alcuni libri che la gente dovrebbe possedere. Io li ho qui tutti, dalla Bibbia ai libri di cucina. Essi parleranno da sé. Avvicinatevi agli scaffali, e tirate fuori e scegliete.

Udii il Pastore domandare il prezzo di qualcosa che aveva trovato negli scaffali, e credo che lo comperasse; ma il ronzio delle voci intorno al Parnaso era molto calmante, e a dispetto dell'interesse che avevo di seguire quanto succedeva, mi addormentai.

Dovevo essere molto stanca; ad ogni modo non sentii il carrozzone ripartire. Il professore dice che guardò attraverso la finestrella dietro il sedile, e mi vide addormentata. Quello che so è che mi svegliai di soprassalto, per trovarmi pigramente cullata nell'oscurità. Bock giaceva sempre sopra i miei piedi e si udiva un lieve armonico tintinnio, proveniente dal secchio sotto il furgone, che urtava ogni tanto contro un ostacolo. Il professore era seduto a cassetta; una lanterna accesa pendeva dal tetto. Egli canticchiava in sordina una barbara canzone, con uno strano monotono ritornello.

Balzai fuori dalla cuccetta, picchiai le tibie contro qualcosa, ed emisi un suono di richiamo. Il Parnaso si arrestò, e il professore aprì la finestra scorrevole dietro il sedile.

– Cielo! – esclamai, – Padre Tempo, che ore sono?

– Siamo molto vicini all'ora della cena, suppongo. Lei deve essersi addormentata mentre io stavo raccogliendo moneta spicciola dai Filistei. Ho fatto quasi tre dollari. Sostiamo un po' e mangiamo un boccone.

Guidò Pegaso su un lato della strada, e poi mi mostrò come accendere la lampada appesa sotto il lucernario.

– È inutile accendere il fornello in una serata incantevole come questa – disse. – Raccoglierò dei fuscelli, e potremo cucinare all'aria aperta. Lei prenda il suo paniere di vettovaglie, ed io farò un falò.

Staccò Pegaso, lo legò a un albero e gli diede un sacco di avena. Poi raccolse lì attorno un po' di ramoscelli, e in un attimo fece un fuoco. In cinque minuti preparai lardo con uova strapazzate sfrigolanti in una padella, ed egli aveva tirato fuori una bacinella d'acqua refrigerante sotto la cuccetta, e faceva il tè.

Non ho mai goduto tanto un picnic. Era una serata d'autunno perfetta, senza vento e gelida, con un cielo nero nero, e una minuta fetta di luna nuova, sottile come un pezzetto d'unghia di pollice.

Mangiammo le nostre uova al lardo annaffiate da tè e latte condensato, e pane e marmellata. Il fuocherello ardeva azzurro e confortante, e noi sedevamo uno per parte, mentre Bock leccava il tegame e mangiava le croste.

– Questo è pane fatto da lei, signorina McGill? – chiese Mifflin.

– Sì. Stavo calcolando l'altro giorno che ho cotto più di quattrocento filoni di pane all'anno, in questi ultimi quindici anni. Questo vuol dire più di seimila filoni di pane. Si potrà mettere questo sulla mia pietra tombale.

– L'arte di cuocere il pane è un mistero trascendente come l'arte di far sonetti, – disse Barbarossa. – E poi... i suoi biscotti caldi potrebbero essere considerati come liriche più brevi, suppongo: ottave, forse. Forma proprio un'antologia, o una doxologia, se preferisce.

– Il lievito è il lievito e l'occidente è l'occidente [2] – dissi, e fui molto sorpresa io stessa della mia intelligenza. In cinque anni passati con Andrea, non avevo mai fatto un'osservazione di questo genere.

– Vedo che lei conosce Kipling – osservò Mifflin.

– Oh sì, qualsiasi istitutrice lo conosce.

– Dove ha fatto la governante, e a chi?

– Sono stata a New York, nella famiglia di un ricco agente di cambio. C'erano tre bambini. Li conducevo a passeggio al Central Park.

– Non è mai stata a Brooklyn? – domandò Mifflin bruscamente.

– Mai – risposi.

– Ah, questo è l'inconveniente. New York è Babilonia, Brooklyn è la vera città santa. New York è la città dell'invidia, del lavoro d'ufficio, del traffico d'affari; Brooklyn è la regione dell'intimità della casa e della felicità. È straordinario: i poveri affaticati newyorkesi presumono di guardare dall'alto in basso il domestico Brooklyn, mentre esso è in realtà il prezioso gioiello di cui sono assetate le loro anime, ed essi non lo sapranno mai. Broadway! Pensi com'è simbolico questo nome. Larga è la via che conduce alla perdizione. Ma a Brooklyn le vie sono strette, e conducono alla celestiale città della gioia. Central Park: qui ti voglio, il centro delle cose, circondato dalle mura della superbia. Quanto è meglio Prospect Park, che dà una bella vista sulle colline dell'umiltà! Non c'è speranza per gli abitanti di New York, perché si gloriano dei loro peccati a grattacielo; ma a Brooklyn c'è la saggezza degli umili.

– Così, lei pensa che se io fossi stata governante a Brooklyn sarei stata così felice che non sarei mai venuta da Andrea a compilare la mia antologia di seimila filoni di pane, e liriche minori?

Ma il volubile professore si era già slanciato su altri punti di vista, e non c'era modo di fargli cambiar strada.

– Naturalmente Brooklyn è un posto piuttosto sporco – egli ammise. – Ma per me simbolizza uno stato d'animo, mentre New York è solamente uno stato di borsellino. Vede: sono vissuto da ragazzo a Brooklyn, e ciò trascina ancora con sé, ai miei occhi, nuvole di gloria. Quando tornerò là, e incomincerò a lavorare al mio libro, sarò felice come Nabucodonosor, quando cessò di mangiar erba per ritornare al tè e alle schiacciatine. *Letteratura tra i contadini* voglio intitolarlo, ma è un povero titolo; mi piacerebbe di leggerle qualcuno dei miei appunti.

Temo di aver nascosto male uno sbadiglio. In realtà avevo sonno, e il freddo aumentava.

– Mi dica, prima, in che parte del mondo siamo, e che ore sono?

Egli tirò fuori un grosso orologio. – Sono le nove, e siamo a due miglia da Shelby, direi. Forse faremmo meglio a proseguire. Mi hanno detto a Greenbriar, che il grande Albergo Centrale di Shelby è un buon posto per fermarsi. È per questo che non desideravo arrivare là: mi pare così maledettamente simile a New York.

Raccolse e riportò nel Parnaso gli utensili da cucina, rimise i finimenti a Peg, e legò Bock a poppa del carrozzone. Poi insisté nel volermi dare i due dollari e ottanta cents, che aveva guadagnato a Greenbriar. Ero troppo assonnata per protestare, e in ogni modo era denaro mio. Ce ne andammo cigolando lungo la strada buia e silenziosa, fra i boschi di pino. Credo che Mifflin parlasse abbondantemente dei suoi progressi di pellegrino tra i contadini di una dozzina di Stati, ma (per essere sincera) devo dire che mi addormentai nell'angolo del mio sedile. Mi destai quando ci fermammo davanti all'unico albergo di Shelby – una brutta modesta locanda di campagna, a dispetto del suo assurdo nome. Lasciai Mifflin allogare il Parnaso e gli animali per la notte, mentre io fissavo una stanza. Proprio mentre ricevevo la chiave dall'impiegato, il professore entrò nel sudicio vestibolo.

– Ebbene, signor Mifflin – chiesi, – la vedrò domani mattina?

– Avevo intenzione di proseguire per Port Vigor questa sera, ma siccome dista otto miglia (così mi dicono) penso di bivaccare qui. Credo che andrò nella sala dei fumatori, per indurli all'acquisto di qualche buon libro. Non ci diremo addio fino a domani.

La mia camera era accogliente e abbastanza pulita. Presi con me la mia valigia e feci un bagno caldo. Mentre piombavo nel sonno, udii una voce acuta salire dal piano di sotto, frammista a risate maschili. Il Pellegrino faceva nuovi proseliti!

6

Ebbi una curiosa sensazione di smarrimento, quando mi svegliai la mattina seguente. La stanza nuda col tappeto rosso e blu, e il servizio da toilette in porcellana verde, era alquanto strana.

Sentii un orologio nell'atrio battere le ore.

« Cielo! » pensai. « Ho dormito quasi due ore in più del solito! Cosa diamine darò ad Andrea per colazione? ». E poi, quando corsi alla finestra, vidi nel cortile l'azzurro Parnaso con la sua stupefacente iscrizione in lettere rosse; improvvisamente ricordai. E, spiando con discrezione dietro le tende, vidi che il professore, armato di un barattolo di vernice, stava cancellando il suo nome sulla parete del carrozzone, evidentemente intendendo sostituirlo col mio. Questa era una cosa cui non avevo pensato. Ad ogni modo, dovevo adattarmici.

Mi vestii rapidamente, rifeci la mia valigia, e mi affrettai a scendere per la colazione. La tavola lunga era quasi vuota, ma a quell'altra erano seduti alcuni uomini, che mi guardarono con curiosità. Attraverso la finestra, potevo veder il mio nome delinearsi sul fianco del furgone, in grandi lettere rosse, giacché il professore maneggiava diligentemente il suo pennello. E, quando ebbi finito il mio caffè con fave e lardo, notai, piuttosto divertita, che il professore aveva cancellato la scritta su Shakespeare, Charles Lamb, ecc., e l'aveva sostituita con una nuova. Questa diceva così:

PARNASO AMBULANTE
DI
ELENA MCGILL
VENDITA DI BUONI LIBRI
SPECIALITÀ IN LIBRI DI CUCINA
INFORMAZIONI NELL'INTERNO

Evidentemente Mifflin aveva scarsa fiducia nella mia dimestichezza con i classici.

Pagai il conto, ed ebbi cura anche di pagare per lo stallaggio del cavallo e la sosta notturna del carrozzone. Poi gironzolai per il cortile della scuderia, dove trovai il signor Mifflin che guardava con soddisfazione il suo lavoro manuale. Aveva ripassato tutte le lettere rosse, che splendevano nel sole del mattino.

– Buon giorno – dissi.

Ricambiò il saluto.

– Ecco! – gridò, – il Parnaso ora è proprio suo! Il mondo intero le giace davanti! Ed ho altro denaro per lei! Ho venduto alcuni libri, ieri sera. Ho persuaso il direttore dell'albergo a comperare diversi volumi di O. Henry, per lo scaffale della sua sala fumatori, e ho venduto il *Libro di cucina Waldorf* alla cuoca. Non era orribile il suo caffè? Spero che il libro di cucina lo migliorerà.

Mi porse due flaccidi biglietti, e una manciata di monete spicciole. Li presi gravemente, e li riposi nella borsa. Non c'era male davvero: più di dieci dollari in meno di ventiquattro ore.

– Pare che il Parnaso sia una miniera d'oro – osservai.

– Quale via pensa di prendere? – domandò Mifflin.

– Mah, giacché lei vuole arrivare a Port Vigor, potrei anche offrirle un passaggio fin là – risposi.

– Bene! Speravo proprio che lei me lo proponesse. Mi dicono che la corriera per Port Vigor non parte fino a mezzogiorno, e credo che il girare qui attorno tutta la mattinaa senza poter vender libri mi ammazzerebbe. Una volta arrivato sul treno starò benissimo.

Bock era legato in un angolo del cortile, sotto la porta laterale dell'albergo. Andai a scioglierlo mentre il professore attaccava Peg. Mentre mi chinavo per slegare la catena dal collare, udii qualcuno parlare al telefono. Il vestibolo dell'albergo era proprio sopra la mia testa, e la finestra era aperta.

– Che cosa dice?

– ...

– McGill? Sì, signore. È stata registrata qui ieri sera. È ancora qui.

Non mi fermai ad ascoltare di più. Sciogliendo Bock, mi affrettai ad avvisare Mifflin. I suoi occhi scintillarono.

– Il Saggio è evidentemente sulle nostre tracce

– ridacchiò. – Bene, andiamocene. Non vedo che cosa possa fare anche se ci sorprende.

L'impiegato stava chiamandomi dalla finestra.

– Signorina McGill, suo fratello è all'apparecchio, e desidera parlarle.

– Gli dica che sono occupata – risposi, e mi arrampicai a cassetta.

Non era una risposta diplomatica, temo; ma l'aria pungente della mattina e lo spirito di avventura mi avevano reso troppo euforica perché potessi soffermarmi a pensare una risposta migliore. Mifflin incitò Peg, e ce ne andammo via.

La strada da Shelby a Port Vigor correva attraverso i larghi declivi delle colline che fanno capo al Sound, e sotto, alla nostra sinistra, il fiume fluiva sfavillante nella valle. Era un paesaggio perfetto: i boschi tutti bronzo e oro; e le nuvole, d'un bianco di neve, parevano un celeste bucato appeso nell'aria; il sole era caldo, e nuotava glorioso in un arco di superbo azzurro; il mio cuore era veramente sollevato. Per la prima volta, credo, capivo ciò che prova Andrea nei suoi vagabondaggi.

Perché tutto questo mi era stato tenuto celato prima? Perché il trascendente mistero del cuocere il pane mi aveva così a lungo accecata di fronte ai misteri del sole e del cielo e del vento tra gli alberi. Passammo davanti a una bianca fattoria vicina alla strada. Presso al cancello, sul tronco, sedeva il fattore, che affilava un bastone fumando la pipa. Attraverso la finestra della cucina vedevo una donna intenta ai fornelli. Avrei voluto gridare: « Oh sciocca donna! Lascia cucina e padelle e tegami e piccoli lavori domestici, sia pure per una sola giornata! Vieni fuori a vedere il sole nel cielo, e il fiume in lontananza! ».

Il fattore guardò distrattamente il Parnaso al nostro passaggio, e allora ricordai la mia missione di distributrice di letteratura.

Mifflin stava seduto con un piede posato sulla sua protuberante valigia, e guardava le cime degli alberi oscillanti nel vento freddo. Sembrava essere molto lontano, rapito da una Musa mattutina.

Buttai via le redini, e mi avvicinai al fattore.

– Buon giorno, amico.

– Giorno a lei, signora – rispose sostenuto.

– Io vendo libri – dissi. – Mi domando se non vi sia qualcosa che le possa servire.

– Grazie, signora, ma ho comperato un mucchio di libri l'anno scorso, e non credo che li leggerò mai da questa parte del Giordano. Un intero lotto di orazioni funebri, che un agente mi lasciò qui per un dollaro al mese. Credo che potrei ora qualificarmi come il più serio beccamorti che rallegri qualsiasi letto mortuario.

– Lei ha bisogno di qualche libro che le insegni a vivere, non a morire – risposi. – E cosa ne pensa, per sua moglie? Non le farebbe piacere un buon libro, o qualche libro di fiabe per i bambini?

– Dio mi benedica – replicò, – io non ho moglie. Non sono mai stato un uomo audace, e penso di limitarmi ancora per qualche tempo ai malinconici diletti delle orazioni funebri.

– Ma, insomma, aspetti un minuto! – esclamai, – io ho proprio quello che fa per lei –. Avevo osservato gli scaffali con qualche attenzione, e ricordavo di aver visto una copia di *Sogni di uno scapolo*.

Sgattaiolai giù, alzai la parete del carrozzone (mi diede un brivido il farlo da me per la prima volta) e pescai il libro. Guardai nell'interno della copertina, e vidi le lettere *n m* segnate dalla nitida mano di Mifflin.

– Eccole – dissi. – Le venderò questo per trenta cents.

– La ringrazio molto, signora – rispose quegli con cortesia, – ma francamente non saprei proprio cosa farne. Sono immerso fino al collo in un rapporto governativo, sul verme della scabbia e sul *fungus*, e alterno questa lettura con i discorsi funebri. In verità, questo è tutto quello che leggo. Questo, e il *Clarion* di Port Vigor.

Vidi che era irremovibile, e mi arrampicai sul sedile. Mi sarebbe piaciuto parlare con la donna in cucina, che guardava stupita fuori dalla finestra, ma poi decisi che era meglio spingersi avanti e non perdere tempo. Il fattore ed io ci scambiammo amichevoli saluti, ed il Parnaso si rimise in cammino. La mattinata era così incantevole che non mi sentivo di discorrere, e, siccome il professore appariva pensieroso, non dissi nulla. Ma mentre Peg si affannava lentamente su per un pendio, improvvisamente il professore estrasse di tasca un libro, e si mise a leggere ad alta voce. Io stavo guardando il fiume, e non mi volsi, ma ascoltai attentamente:

Ondeggianti nuvole, turbinoso vento e roteante sole – l'azzurro tabernacolo del cielo, il circolo delle stagioni, la scintillante moltitudine delle stelle, – tutto questo è certamente parte di un solo ritmico mistico intero. Dovunque, mentre ci curiamo dei nostri piccoli affari, dobbiamo scorgere le impronte del piano gigantesco, la regolare e inesorabile routine senza principio né fine, in cui la morte non è che il preludio di un'altra nascita e la nascita la sicura precorritrice di un'altra morte. Noi esseri umani siamo altrettanto incapaci di concepire il motivo o la morale di tutto ciò, come è incapace il cane di comprendere il ragionamento della mente del suo padrone. Egli vede gli atti del suo padrone benevoli o malevoli, e agita la coda. Ma le azioni del padrone rimangono imperscrutabili per lui. E così è per noi. E perciò, fratelli, incamminiamoci con cuore leggero. Apprezziamo il bronzo delle foglie e il fragore dei marosi, finché abbiamo occhi per vedere, e orecchi per udire. Un'onesta meraviglia dinanzi alle indicibili bellezze del mondo è un'attitudine che si addice al discepolo. Lasciate che siamo discepoli sotto l'occhio di Madre Natura.

– Le piace? – chiese Mifflin

– Un po' pesante, ma molto buono – risposi. – Non c'è niente in tutto questo del trascendente mistero del cuocere il pane.

Il professore aveva un'aria piuttosto imbarazzata.

– Sa chi l'ha scritto?

Feci un lodevole sforzo per richiamarmi alla mente i miei ricordi letterari d'istitutrice.

– Ci rinuncio – dissi debolmente. – È Carlyle?

– È di Andrea McGill – rispose. – Uno dei suoi passaggi cosmici che stanno per essere ristampati nei testi scolastici. L'individuo scrive bene.

Cominciai a sentirmi a disagio nel timore di dover subire un catechismo letterario, così non parlai, e misi Peg al trotto. Per dire la verità, ero più curiosa di sentire il professore parlare del suo proprio libro, che di quello di Andrea. Mi ero sempre accuratamente astenuta dal leggere la roba di Andrea, perché la ritenevo piuttosto scialba.

– In quanto a me – continuò il professore, – non ho facilità per il grande stile. Ho sempre avuto la convinzione che sia meglio leggere un buon libro che scriverne uno cattivo, ed ho fatto nella mia vita una tale miscela di letture, che la mia mente è piena degli echi delle voci di uomini migliori. Ma questo libro per il quale ora mi sto tormentando, merita di essere scritto, io credo, perché ha un suo messaggio da dire.

Guardò la valle soleggiata quasi con malinconia. Vedevo in lontananza lo scintillio del Sound. Il berretto sgualcito del professore era piantato di traverso su un orecchio, e la sua tozza barbetta splendeva rossa nel sole. Io mantenevo un silenzio di simpatia; ed egli sembrava contento di aver qualcuno con cui poter parlare del suo prezioso libro.

– Il mondo è pieno di grandi scrittori – continuò Mifflin, – ma sono tutti egoisti ed aristocratici. Addison, Lamb, Hazlitt, Emerson, Lowell, prenda chi vuole, tutti loro concepiscono l'amore per i libri come un raro e perfetto mistero per pochi, una cosa per l'appartato studio dove essi siedono soli di notte, con una candela, un sigaro, un bicchiere di Porto sulla tavola, e uno spaniel sul tappeto del focolare. Quello che io dico è: chi è mai andato fuori sulle strade maestre e per i campi, a portare la letteratura nelle case dell'uomo comune?

– Più lontano andate nelle campagne, e meno libri trovate, e peggiori. Ho passato diversi anni girovagando con questa macchina infernale, e, per le ossa di Ben Erza, non credo di aver mai trovato un libro veramente buono (eccetto la Bibbia) in una fattoria, a meno che non ve lo avessi messo io. I mandarini della cultura, che cosa fanno per insegnare a leggere alla gente del volgo? Non serve compilare liste di libri per agricoltori, ed empirne grandi scaffali; bisogna andar fuori a visitare la gente, portar loro i libri e parlare agli insegnanti, ed imporsi ai direttori dei giornali di paese e delle riviste di fattorie, raccontare fiabe ai bambini – e poi a poco a poco si arriva a far circolare buoni libri nelle vene della nazione. È un gran lavoro, sa! È come portare il Santo Graal ad alcune di queste arretrate fattorie. E vorrei che ci fossero migliaia di Parnasi anziché questo solo. Non ci avrei mai rinunciato se non fosse per il mio libro; ma desidero scrivere le mie idee, nella speranza di incitare anche altri. Ma temo che non ci sarà un editore nel paese disposto a prendermelo!

– Provi dal signor Decameron – suggerii, – è stato sempre molto gentile con Andrea.

– Pensi che cosa significherebbe – egli gridò, agitando una mano eloquente, – se qualche uomo ricco stanziasse un fondo per equipaggiare un centinaio circa di furgoni come questo, per andare a smerciare letteratura nei distretti rurali! Dovrebbe anche rendere, una volta ben avviato l'affare. Sì, per le ossa di Webster! Andai una volta a una riunione di librai, in un albergo di New York, e parlai loro del mio progetto. Essi risero di me. Ma io ho avuto maggior godimento portando in giro libri con questo Parnaso, di quello che avrei potuto avere stando seduto cinquant'anni in una libreria, o insegnando in una scuola, o predicando. La vita è piena di sapore quando si va in giro così cigolando per le strade. Guardi com'è oggi, il sole, l'aria, le nuvole d'argento. Migliori di tutti, però, i giorni piovosi. Usavo mettermi su un lato della strada, buttavo addosso a Peg una coperta impermeabile, ed io mi raggomitolavo sulla cuccetta con Bock, fumando e leggendo. Leggevo a Bock ad alta voce: passammo insieme *Midshipman Easy* e una buona dose di Shakespeare. Bock è un cane amante dei libri. Abbiamo fatto alcune strane esperienze in questo Parnaso.

La strada collinosa fra Shelby e Port Vigor è solitaria, perché i contadini, per la maggior parte, stanno in fondo alla valle. Se l'avessi conosciuta meglio, avremmo potuto prendere la via più lunga e più popolata: ma in realtà godevo dell'ampia veduta, e della strada solitaria che si snodava al sole. Ci spingemmo avanti molto piacevolmente. Una volta ancora ci fermammo ad una casa, dove Mifflin perorò per aver l'occasione di esercitare la propria arte. Mi divertii molto quand'egli riuscì a vendere una copia delle *Fiabe* di Grimm a una bisbetica vecchia zitella, con la scusa che si sarebbe divertita a leggere le novelle ai suoi nipoti che dovevano venire a trovarla.

– Per bacco! – ridacchiò Mifflin, dandomi il sudicio quarto di dollaro, che aveva ricavato. – Non c'è niente in quel libro di così *grim* [3] come lei!

Un po' più lontano ci fermammo sul ciglio della strada a una sorgente per dar da bere a Peg, ed io suggerii di far colazione. Mi ero provveduta di pane e formaggio a Shelby, e con questo e un po' di marmellata ci facemmo degli eccellenti sandwich. Mentre stavamo seduti vicino allo steccato, l'autocorriera diretta a Port Vigor ci passò davanti. A poca distanza, giù per la strada, si fermò e poi proseguì. Vidi una figura familiare ritornare indietro verso di noi.

– Adesso ci siamo – dissi al professore, – ecco Andrea!

7

Andrea è altrettanto magro quanto io sono grassa, ed i vestiti gli pendono addosso nel modo più comico. È altissimo e goffo, ha una barba ruvida, porta un cappello a larghe tese e, in autunno, soffre tremendamente di febbre da fieno. (Infatti il suo saggio su *La febbre da fieno* è la miglior cosa che abbia scritto, credo).

Mentre avanzava a grandi passi sulla strada, notai che i suoi pantaloni gli svolazzavano, a causa del vento, intorno alle caviglie, e la barba gli si arricciava sotto al mento. Aveva il volto scuro per la rabbia. Non potei fare a meno di essere divertita: aveva un'aria così buffa.

– Il saggio somiglia a Bernard Shaw – bisbigliò Mifflin.

Io credo che sia sempre meglio attaccare per primi.

– Buongiorno, Andrea – gridai allegramente, – vuoi comperare qualche libro? – Fermai Pegaso, e Andrea rimase un momento di fronte alla ruota, in parte affannato, ma soprattutto fuori di sé per l'ira.

– Che vuol dire questa cosa insensata, Elena? – disse rabbiosamente. – Mi hai fatto fare il giuoco della caccia da ieri. E chi è questa persona con la quale stai viaggiando?

– Andrea – risposi, – dimentichi le buone maniere. Lascia che ti presenti il signor Mifflin. Ho comperato il suo furgone, e mi prendo una vacanza vendendo libri. Il signor Mifflin è in viaggio per Port Vigor, dove prenderà il treno per Brooklyn.

Andrea fissava il professore senza parlare. Capivo, dalla fiamma nei suoi occhi azzurro chiaro, che era veramente furibondo, e temevo che le cose si mettessero al peggio, prima di andar meglio. Andrea non è facile alla collera, ma è una persona molto dura da trattare, una volta che è eccitato. E ormai avevo qualche indizio sul temperamento del professore. Inoltre, temevo che qualcuna delle mie osservazioni lo avesse prevenuto contro Andrea, come fratello in ogni caso, a parte la sua prosa eccellente.

Mifflin parlò per primo. Si era tolto il suo buffo berrettino, e il suo cranio calvo luccicava come un uovo. Notai che aveva la fronte imperlata di sudore.

– Mio caro signore – disse Mifflin, – il modo di procedere può sembrare alquanto insolito, ma i fatti sono semplici da esporre. Sua sorella ha comperato questo furgone e il suo contenuto, ed io l'ho istruita sulle mie teorie per la diffusione dei buoni libri. Lei, come uomo di lettere...

Andrea non prestava la minima attenzione al professore, ed io vidi un leggero rossore tingere le guance pallide di Mifflin.

– Senti un po', Elena – disse Andrea, – credi proprio che io intenda avere una sorella scorrazzante per la regione insieme con un vagabondo? Per l'anima mia, dovresti avere un po' più di buon senso, alla tua età, e con la tua mole. Sono arrivato a casa, e ho trovato la tua ridicola lettera. Sono andato dalla signora Collins, e non sapeva niente. Sono andato dai Mason, e ho trovato lui che si domandava chi gli avesse guastato il telefono. Suppongo che lo abbia fatto tu. Lui aveva visto questo tuo carrozzone da noleggio, e mi ha messo sulle tue tracce. Ma, per Dio! Non avrei mai pensato di vedere una donna di quarant'anni rapita dagli zingari!

Mifflin era sul punto di parlare, ma io gli feci cenno di tacere.

– Ora aspetta un momento, Andrea – dissi. – Tu parli troppo presto. Una donna di quarant'anni (esageri, intanto) che ha compilato un'antologia di seimila filoni di pani, e che l'ha dedicata a te, merita un po' di cortesia. Quando *tu* desideri scappar via per qualche vagabondaggio, o altro, non esiti a farlo. Tu pretendi che io stia a casa a fare la parte di Lady Eglantine, nel cortile del pollaio. Per lo spettro di Susanna Anthony, non la voglio fare! Questa è la prima vacanza che mi prendo, dopo quindici anni, e intendo farne buon uso.

Andrea aprì la bocca, ma io minacciai col pugno in modo così convincente che si fermò.

– Ho comperato questo Parnaso dal signor Mifflin onestamente, per quattrocento dollari. Questo è il prezzo di circa milletrecento dozzine di uova – dissi.

(Avevo elaborato questo nella mia testa mentre Mifflin parlava del suo libro).

– Il denaro è mio, e lo voglio usare a modo mio. Ora, Andrea McGill, se vuoi comperare un qualsiasi libro, puoi trattare con me. Altrimenti, proseguo per la mia strada. Sarò di ritorno quando mi vedrai.

Gli porsi uno dei cartoncini di Mifflin, che erano nella tasca sul fianco del carrozzone, e raccolsi le redini. Ero realmente irritata, perché Andrea era stato irragionevole e offensivo.

Andrea guardò il biglietto, e lo strappò in due pezzi. Guardò la parete del Parnaso, dove la fresca iscrizione rossa era ancora umida.

– Ebbene, sulla mia parola – proruppe, – devi essere pazza.

Scoppiò in un violento accesso di starnuti, un ultimo attacco di febbre da fieno, giacché vi erano ancora dei fiori gialli nelle praterie. Tossì e starnutì fragorosamente, e ciò lo rese più furioso che mai. Alla fine si volse a Mifflin, che stava seduto a testa nuda, rosso in viso, e con gli occhi lucidi. Andrea lo valutò con una sola occhiata: la giacca sgualcita, il taccuino gonfio in tasca, la protuberante valigia sotto i suoi piedi, persino la copia di *Fieno e felicità* che era caduta in terra, e giaceva dietro di noi.

– Ascolti, lei – disse Andrea; – io non so con quali arti infernali abbia indotto mia sorella ad andarsene vagabondando su un carrozzone di rigattiere, ma so questo: che se lei l'ha frodata del suo denaro, mi appellerò alla legge.

Tentai di intervenire con una parola di protesta, ma le cose erano andate troppo avanti. Il professore ormai era furioso quanto Andrea.

– Per le ossa di Piers Plowman – esclamò, – io aspettavo di conoscere un letterato e l'autore di questo libro – e indicò *Fieno e felicità*, – ma vedo che mi ero sbagliato. Io le dico, signore, che un uomo che può insultare sua sorella davanti a un estraneo, come lei ha fatto, è imbecille e volgare.

Gettò il libro al di là della siepe e, prima che io potessi dire una parola, saltando la ruota, era corso dietro il carrozzone.

– Senta, signore – disse, la rossa barbetta irta, – sua sorella è maggiorenne, ed agisce di sua propria volontà. Per le ossa del Battista, non la biasimo di desiderare una vacanza, se questa è la maniera con cui lei la tratta. Essa non è niente per me, signore, ed io non sono niente per sua sorella, ma mi propongo di insegnare qualcosa a lei. Si metta in guardia e le darò una lezione.

Questo era troppo per me. Credo che gridai forte, e mi gettai fuori dal furgone. Ma prima che potessi fare qualcosa, i due esaltati avevano cominciato a prendersi a pugni. Vidi Andrea slanciarsi selvaggiamente contro Mifflin, e Mifflin che lo colpiva sul mento. Il cappello di Andrea cadde. Peg se ne stava placido, e Bock fece per afferrare la gamba di Andrea, ma io saltai fuori e lo acchiappai. Era certamente uno spettacolo selvaggio. Suppongo che avrei dovuto torcermi le mani ed avere una crisi isterica, ma in realtà ero quasi divertita: era una cosa così stupida! Per fortuna la strada era deserta. Andrea era di un piede più alto del professore, ma maldestro, dinoccolato e poco muscoloso, mentre il piccolo Barbarossa era flessibile come un gatto. Andrea era anche troppo furioso, e ciò lo metteva al di sotto dei suoi mezzi, mentre Mifflin si trovava in quello stato di fredda collera che sempre permette di vincere. Andrea colpì due volte il petto e le spalle dell'altro, ma in trenta secondi ricevette un altro pugno sul mento, seguito da uno sul naso, che gli fece fare un capitombolo. Rimase seduto sul selciato alla ricerca di un fazzoletto, e Mifflin lo fissava stando in piedi, ma con l'aria di sentirsi molto a disagio. Nessuno dei due disse una parola. Bock mi scappò via, e si mise a far capriole e a ballare intorno ai piedi di Mifflin, come se si trattasse di un giuoco. Era una scena straordinaria. Andrea si alzò, pulendosi il naso sanguinante.

– Per l'anima mia – esclamò, – io quasi la rispetto per quel pugno, ma, per Giove, la farò perseguire dalla legge, per il rapimento di mia sorella. Lei è una bella specie di pirata.

Mifflin non rispose.

– Non fare lo sciocco, Andrea – dissi io, – non vuoi capirla che io desidero avere una piccola avventura a modo mio? Vai a casa, e mettiti a cuocere seimila filoni di pane, e per quando saranno fatti tutti, io sarò di ritorno. Penso che due uomini della vostra età dovrebbero vergognarsi di se stessi a far certe cose. Ora me ne vado a vendere libri.

E con ciò mi arrampicai sul sedile, schioccando la frusta. Andrea, e Mifflin, e Bock rimasero sulla strada.

Ero come pazza dalla rabbia. Ero furiosa contro i due uomini che si erano comportati come due scolaretti, furiosa contro Andrea così irragionevole, benché in certo qual modo lo ammirassi; furiosa contro Mifflin, per aver fatto sanguinare il naso di Andrea, e nello stesso tempo apprezzavo il motivo per il quale ciò era stato fatto. Ero furente contro me stessa, per aver causato tutta quella agitazione, e furente contro il Parnaso. Se ci fosse stato un precipizio adatto, a portata di mano, vi avrei spinto giù quel vecchio arnese, ma ormai c'ero dentro, e dovevo andare avanti. Lentamente arrancai su per una lunga salita, e finalmente scorsi Port Vigor, e le lunghe strisce azzurre del Sound. Il Parnaso avanzava rumoreggiando con il suo piacevole cigolio; il tiepido sole e la carezza dell'aria mi calmarono. Cominciai a sentire il gusto del sale nel vento; sulle praterie due o tre gabbiani volavano in cerchio. Come accade a ogni donna, il mio umore collerico si fuse in una reazione di esagerata tenerezza, e incominciai ad ammirare in cuor mio sia Andrea che Mifflin. Che bella cosa avere un fratello così sollecito del benessere e della reputazione di sua sorella! E ancora, come era stato splendido il piccolo e scarno professore! Come rapido a risentirsi di un insulto, e come audace nel vendicarsi! Il suo assurdo berrettino di tweed giaceva sul sedile, ed io lo raccolsi con un certo sentimentalismo. La fodera era consumata e strappata. Dalla mia valigia trassi fuori un piccolo astuccio da lavoro, e, appese le redini ad un gancio, incominciai a rammendare gli strappi, mentre Peg trotterellava avanti. Pensavo divertita alla vita bizzarra che il signor Mifflin aveva condotto nella sua « carovana di cultura ». Lo immaginavo indirizzarsi all'uditorio dei discepoli di Whitman, a Camden, e mi domandavo come sarebbe terminata la faccenda. Lo immaginavo nella sua diletta Brooklyn, che passeggiava in Prospect Park per predicare ai passanti il suo vangelo sui buoni libri. Come era diverso il suo amore militante per la letteratura dalla quieta soddisfazione di Andrea. Eppure quanto in realtà essi avevano in comune! Mi divertiva il pensiero che Mifflin avesse letto ad alta voce brani di *Fieno e felicità* lodandolo altamente, per l'appunto prima di battersi col suo autore, facendogli sanguinare il naso. Mi veniva in mente che avrei dovuto parlare ad Andrea del becchime per le galline, e ricordargli di mettersi gli indumenti invernali. Che creature indifese sono gli uomini, dopo tutto! Quando terminai di raccomodare il berretto, ero di ottimo umore.

Lo avevo appena deposto, quando udii un rapido passo sulla strada dietro di me e, voltandomi, vidi Mifflin avanzare velocemente con la zucca pelata coperta di sudore. Bock gli trottava tranquillamente dietro. Fermai Pegaso.

– Bene, che ne è stato di Andrea?

Il professore aveva ancora l'aria di vergognarsi un poco.

– Il Saggio è una persona tenace – rispose. – Discutemmo ancora un po' senza molto risultato. A dir il vero, stavamo quasi per venir di nuovo alle mani, quando gli giunse alle narici un'altra folata di polline di fiori, che lo fece starnutire: e il suo naso ricominciò a sanguinare. È convinto che io sia un ruffiano, e me l'ha detto in eccellente prosa. Francamente, lo ammiro molto. Credo che intenda farmi perseguire dalla legge. Gli ho dato il mio indirizzo di Brooklyn, nel caso che voglia dar seguito alla faccenda. Credo di avergli fatto un certo piacere, domandandogli un autografo su *Fieno e felicità.* Ho trovato il volume giacente nel fossato.

– Siete davvero un bel paio di matti. Dovreste tutti e due andar sul palcoscenico. Sareste altrettanto bravi di Weber e Fields. Le ha fatto l'autografo?

Tirò fuori il libro di tasca. Scarabocchiate a matita, vi erano le parole: « Ho sparso sangue per il signor Mifflin. Andrea McGill ».

– Rileggerò il libro con rinnovato interesse – disse Mifflin. – Posso entrare?

– Certamente. Ecco Port Vigor di fronte a noi.

Si mise il berretto, se lo sentì diverso in testa, lo tolse, e poi mi guardò con uno strano imbarazzo.

– Lei è molto buona, signorina McGill.

– Dov'è andato Andrea?

– È partito per Shelby a piedi – rispose Mifflin. – Ha un'ottima andatura. Si è ricordato a un tratto di aver lasciato delle patate a bollire ieri nel pomeriggio, e ha detto che doveva ritornare per badarvi. Ha detto anche che sperava che lei gli avrebbe mandato una cartolina postale ogni tanto. Sa, mi ricorda Thoreau più che mai.

– A me, fa venire in mente una padella bruciata. Immagino che quando tornerò a casa, troverò tutta la mia batteria da cucina in pessimo stato.

8

Port Vigor è una affascinante vecchia cittadina. È costruita su una punta che si protende nel Sound. Confusamente, in distanza, si poteva scorgere l'estremità di Long Island, che Mifflin guardava con occhi scintillanti. Gli sembrava che lo avvicinasse a Brooklyn. Diversi schooners solcavano l'estuario nel vento fresco, e vi era nell'aria un delizioso sapore di salmastro. Ci avviammo direttamente alla stazione, dove il professore scese a terra. Prendemmo la sua valigia, e chiudemmo Bock nell'interno del carrozzone, per impedirgli di seguire il professore. Poi ci fu una pausa imbarazzante, mentre egli stava presso la ruota, col berretto in mano.

– Bene, signorina McGill, c'è un treno espresso alle cinque, così per fortuna sarò a Brooklyn stanotte. L'indirizzo di mio fratello è: 600 Abingdon Avenue, ed io spero che quando lei manderà una cartolina al Saggio, ne manderà una anche a me. Avrò una gran nostalgia del Parnaso, ma preferisco lasciarlo a lei, che a qualsiasi altra persona che conosca.

S'inchinò profondamente, e, prima ch'io potessi pronunciare una parola, si soffiò il naso con violenza e scappò via. Lo vidi portare la sua valigia alla stazione, e scomparire.

Suppongo che il vivere sola con Andrea per tutti questi anni mi avesse disabituata alle eccentricità della gente ma certo quel piccolo Barbarossa era uno dei più strani esseri che si possano incontrare.

Bock uggiolava tristemente, ed io non mi sentivo in vena di vendere libri a Port Vigor. Tornai indietro in città, e mi fermai a un tea-room a prendere una tazza di tè e dei toast. Quando uscii, trovai un piccolo assembramento di gente intorno al furgone, in parte per lo strano aspetto del Parnaso, e in parte per i lamentosi guaiti di Bock nell'interno. La maggior parte degli spettatori pareva sospettare che quell'armamentario facesse parte di un serraglio ambulante. Cosicché, quasi contro voglia, sollevai le pareti, legai Bock alla coda del carrozzone, ed incominciai a rispondere alle umoristiche domande della folla. Due o tre persone comperarono dei libri senza nessuna pressione da parte mia, e passò del tempo prima che potessi andarmene. Finalmente chiusi il carrozzone e mi avviai, perché temevo di vedere qualche conoscente. Mentre svoltavo in Woodbridge Road, udii il fischio del treno delle cinque per New York.

Le venti miglia di strada tra la fattoria Sabina e Port Vigor mi erano familiari, ma ora, con mio grande sollievo, mi addentravo in una regione che non avevo mai visitato. Nei miei viaggi occasionali a Boston avevo sempre preso il treno a Port Vigor, sicché le strade di campagna mi erano sconosciute.

Mi diressi dalla parte di Woodbridge, perché Mifflin mi aveva parlato di un agricoltore, il signor Pratt, che abitava a quattro miglia fuori da Port Vigor, sulla strada di Woodbridge. Evidentemente il signor Pratt aveva comperato diverse volte libri dal professore, e questi gli aveva promesso di ritornare. Così mi sentivo in dovere di usare una cortesia a un buon cliente.

Dopo le strane avventure degli ultimi due giorni, era quasi un sollievo il trovarmi sola a riflettere sugli avvenimenti. Eccomi qua, Elena McGill, in un caso veramente bizzarro. Invece di essere a casa, alla fattoria Sabina, intenta alla cena, stavo vagando su una strana strada, unica proprietaria di un Parnaso (probabilmente l'unico che esistesse), di un cavallo, di un cane, e con un carico di libri sul gobbone. Dal mattino del giorno prima, la mia vita era scivolata fuori dalla sua orbita consueta. Avevo speso quattrocento dollari dei miei risparmi; avevo venduto libri per il valore di tredici dollari; ero stata la causa di un pugilato, e avevo incontrato un filosofo. E non soltanto questo, ma cominciavo confusamente a sviluppare una mia propria nuova filosofia. E tutto ciò allo scopo di impedire ad Andrea di comperare un mucchio di libri in più! Ad ogni modo, in questo avevo avuto successo. Quando alla fine aveva visto il Parnaso, l'aveva appena guardato, e solo con aria di scherno. Mi sorpresi a domandarmi se il professore avrebbe alluso all'incidente nel suo libro: speravo che me ne avrebbe mandato una copia. Ma, dopo tutto, perché avrebbe dovuto menzionarlo? Per lui era soltanto una delle sue mille avventure. Come aveva detto rabbiosamente ad Andrea, egli non era niente per me, né io per lui. Come poteva egli rendersi conto che questa era la mia prima avventura in quindici anni, nei quali, come diceva lui, avevo compilato la mia antologia? Che buffo Granellin di Pepe!

Tenni Bock legato dietro il carrozzone, nel timore che gli pungesse vaghezza di andare alla ricerca del suo padrone. Mentre avanzavamo lentamente, e il sole tramontando levigava la strada, mi sentii un po' sola. Questo vagabondaggio solitario era un tantino improvviso, dopo quindici anni di vita casalinga. La strada passava vicina all'acqua, ed io guardavo il Sound diventare di un azzurro più intenso, e poi di un porpora cupo. Udivo lo sciacquio delle onde, e sulla punta di Long Island un lontano faro appariva come una scintilla di rubino. Pensavo al Granellin di Pepe nel rombante espresso per New York, e mi chiedevo se viaggiasse in un vagone-letto o in una vettura comune. Un vagone-letto doveva parer comodo dopo il duro sedile del Parnaso. A poco a poco ci avvicinammo a una fattoria, che io presi per quella del signor Pratt. Si ergeva vicino alla strada, con un grande granaio rosso dietro, e una girandola dorata raffigurante un cavallo al galoppo. Fatto abbastanza curioso: Peg parve riconoscere il posto, poiché si volse verso il cancello, nitrendo forte. Doveva essere una fermata favorita del professore.

Attraverso una finestra illuminata, vedevo della

gente seduta intorno a un tavolo. Evidentemente i Pratt stavano cenando. Entrai nel cortile. Qualcuno guardò fuori dalla finestra, e udii una voce di bimba:

– Oh, pa', c'è il Parnaso!

Granellin di Pepe doveva essere un visitatore gradito alla fattoria, giacché in un attimo l'intera famiglia saltò fuori con gran rumore di seggiole smosse e di piatti. Un uomo alto, abbronzato dal sole, con una camicia pulita senza colletto, conduceva il gruppo, e poi veniva una donna grassa, press'a poco della mia struttura, un domestico e tre bambini.

– Buona sera – dissi, – lei è il signor Pratt?

– Certo – quegli rispose, – dov'è il professore?

– In viaggio per Brooklyn. E sono io che conduco il Parnaso. Il professore mi ha detto di venire senz'altro da lei, ed eccomi qua.

– Bene, voglio avere notizie! – esclamò la signora Pratt. – Pensate, il Parnaso ha cambiato padrone! Ben, tu metti su le frittelle ed io condurrò dentro la signora Mifflin per la cena.

– Un momento – interruppi, – il mio nome è McGill, signorina McGill. Guardi, è dipinto sul furgone. Ho comperato questo arnese dal signor Mifflin. Un affare semplicemente.

– Bene bene – disse il signor Pratt. – Siamo lieti di vedere qualsiasi persona amica del professore. Spiacenti che non ci sia anche lui. Venga dentro e mangi un boccone con noi.

Erano certo gente di buon cuore, il signor e la signora Pratt.

Egli mise Peg e Bock nel granaio, e diede loro da mangiare, mentre la signora Pratt mi conduceva nella camera da letto degli ospiti, e mi portava una brocca d'acqua calda. Poi tutti in truppa ritornarono nella sala da pranzo, e il pasto ricominciò. Io credo di essere una intenditrice della cucina di campagna, e devo ammettere che Beluah Pratt era una donna di casa di prim'ordine. Il suo biscotto caldo era perfetto, il caffè vero moka, e non troppo bollito; la salsiccia fredda coll'insalata di patate, altrettanto buona di quella che io davo ad Andrea. E preparò apposta per me una frittata fumante, ed aprì un vasetto della sua marmellata di fragole. I bambini (due maschi e una femmina) stavano a bocca aperta dandosi di gomito. Il signor Pratt tirò fuori la sua pipa, mentre finivo con delle pere sciroppate, e un dolce di crema al cioccolato. Era un pasto regolare.

Mi domandavo che cosa stesse mangiando Andrea, e se avesse trovato il nido dietro la catasta di legna, dove la gallina rossa depone sempre le sue uova.

– Bene, bene – disse il signor Pratt, – ci racconti del professore. Noi lo aspettavamo qui in quest'epoca. Generalmente capita qui al tempo del sidro.

– Non credo che ci sia molto da raccontare – replicai. – Si è fermato da noi l'altro giorno, dicendo che desiderava vendere il suo furgone. Così l'ho comperato. Languiva dal desiderio di ritornare a Brooklyn a scrivere un libro.

– Quel suo libro! – esclamò la signora Pratt. – Ciarlava sempre su quel libro, ma non credo l'abbia ancora incominciato.

– Da dove viene lei, signorina McGill? – chiese Pratt. Vedevo che era assai incuriosito nel vedere una donna che guidava e girava da sola per la campagna con un furgone di libri.

– Dalle parti di Redfield – risposi.

– Non ha parentela con questo scrittore che vive lassù?

– Vuol dire Andrea McGill? È mio fratello.

– Oh, guarda – esclamò la signora Pratt. – Il professore pensava un gran bene di lui. Ci lesse una sera uno dei suoi libri, fino a farci dormire. Ha detto che era il miglior pezzo letterario di questo Stato.

Sorrisi dentro di me, pensando al pugilato sulla strada di Shelby.

– Bene – disse Pratt, – se il professore ha amici migliori di noi da queste parti, sarei contento di incontrarli. È venuto qui per la prima volta circa quattro anni fa. Stavo lavorando nel campo di fieno quel pomeriggio, e sentii un grido giù verso lo stagno del mulino. Guardai, e vidi una coppia di ragazzini che agitavano le braccia e urlavano. Corsi giù per la collina, e là vidi il professore che tirava fuori il mio Dick dall'acqua. Dick è questo qui.

Dick, un ragazzetto di tredici anni circa, arrossì sotto le efelidi.

– I ragazzi si divertivano pazzamente su una zattera laggiù e, come le ho detto prima, Dick cadde nell'acqua proprio dov'è più profonda, vicino alla diga. E non sapeva affatto nuotare. Il professore, che per l'appunto stava passando di lì con quel suo furgone, sentì i ragazzi urlare. E che fece? Un balzo fuori dal furgone, agile come uno scimpanzé, e passando rasente allo steccato, saltò nello stagno, nuotò e portò il ragazzo a riva! Sì, signora, ha salvato la vita a quel figliuolo, non c'è dubbio. Quell'uomo può leggermi poesie tutte le notti che vuole, fino a farmi addormentare. È un vero fuoco d'artificio il professore.

Il fattore Pratt tirava forte dalla pipa; evidentemente la sua amicizia per il libraio ambulante era una delle realtà della sua vita.

– Sì, signora – continuò, – quel professore è stato un buon amico per me, di sicuro. Portammo lui e il figliuolo a casa. Il ragazzo era affondato tre volte e il professore dové tuffarsi per trovarlo. Erano ben conciati tutti e due, ed io le dico che ero spaventato. Ma tirammo su Dick in qualche modo: lo si rotolò in un barile da zucchero, gli versammo del whisky in bocca, gli movemmo le braccia, e lo avvolgemmo in coperte calde. A poco a poco si rianimò. E dopo scoprii che il professore, passando così rapidamente sopra la siepe di filo spinato, s'era fatto un buco nella gamba, che ci stavano dentro quattro dita. I suoi pantaloni erano irrigiditi dal sangue, e lui che non diceva una parola. Il più coraggioso piccolo animale di tre Stati, per Giuda!

Bene, allora mettemmo anche lui a letto, e poi Madama crollò a terra, e mettemmo lei pure a letto. Tre fra tutti, prima che arrivasse il dottore. Un grande pomeriggio d'estate fu quello! Ma, Dio lo benedica, non si poté trattenere a lungo il professore a letto.

– Il giorno dopo, era fuori in cerca dei suoi libri di poesia, e le dico che ci radunò tutti per predicarci la buona letteratura, come un evangelista. Mi pare che ci addormentammo tutti sulle sue poesie, e allora incominciò a leggerci quel romanzo *Isola del tesoro*, non è così mamma? Diavolo! Su questo nessuno di noi si addormentò. Incominciò a far leggere i bambini, che da allora lo fanno sempre, e Dick è il primo della classe ora a scuola. L'insegnante dice che non ha mai visto un ragazzo così appassionato per la letteratura. Ecco quel che ha fatto il professore per noi! Bene, ci dica di lei, signorina McGill. C'è qualche buon libro che si dovrebbe leggere? Io ne desideravo tanto uno di quel tipo, quello Shakespeare di cui mio padre parlava tanto, ma il professore sempre borbottava che era al di sopra del mio cervello.

Mi diede proprio un brivido sentire tutto questo di Mifflin. Mi era facile immaginare il magistrale ometto che conquistava i buoni Pratt dal cuore semplice, con la sua eloquenza e serietà. E la storia dello stagno del mulino aveva pure il suo significato. Il piccolo Barbarossa non era soltanto un capriccioso vagabondo, era un vero uomo, di sangue freddo, e di solido cervello, e con il marchio dell'eroe: sentii un'improvvisa ondata di calore nel ricordare i suoi buffi modi.

La signora Pratt accese il fuoco nella stufa Franklin, ed io mi tormentai il cervello pensando come avrei potuto camminare degnamente sulle orme del professore. Finalmente presi dal Parnaso *Il libro della giungla*, e lessi la storia di Rikki-Tikki-Tavi. Ci fu una lunga pausa quando terminai.

– Di' un po', papà – fece Dick timidamente, – quella mangusta era un po' come il professore, non ti pare?

Si capiva chiaramente che il professore era l'eroe tradizionale di quella famiglia, ed incominciai a sentirmi un po' come un'ingannatrice.

Riconosco che fosse pazzesco da parte mia, ma mi ero ficcata in testa di proseguire quella notte per Woodbridge. Non distava più di quattro miglia; e non erano di molto passate le otto. Sentivo una lieve fitta di molestia, veramente indegna, perché ero costretta a camminare ancora nella scia incantatrice del professore. I Pratt non avrebbero parlato di nient'altro, ed io desideravo arrivare in qualche posto dove potessi essere stimata per il mio proprio valore, non unicamente come una discepola. « Dannato Barbarossa », dicevo fra me, « credo che abbia stregato questa gente! ».

E malgrado le loro proteste e i loro inviti a passare la notte in casa loro, insistetti per fare attaccare Peg. Regalai ai Pratt la copia del *Libro della giungla* come un piccolo ringraziamento per la loro ospitalità, e alla fine vendetti al signor Pratt un piccolo esemplare dei *Racconti di Lamb da Shakespeare* che pensavo fosse in grado di leggere senza farsi venire una febbre cerebrale. Poi accesi la mia lanterna, e dopo un coro di addii il Parnaso rotolò via.

« Bene » dissi fra me mentre svoltavo nella strada maestra una volta ancora, « al diavolo il Granellin di Pepe, sembra che ipnotizzi tutti quanti... Dev'essere quasi a Brooklyn a quest'ora! ».

Tutto era molto silenzioso sulla strada, e anche molto buio, perché il cielo si era annuvolato, e non scorgevo né luna né stelle. Siccome era una strada diretta, non avrei dovuto trovare difficoltà, e suppongo di essermi appisolata un momento, durante il quale Peg prese una strada sbagliata. In ogni caso, mi accorsi alle nove e mezzo circa che il Parnaso procedeva su una strada molto più sassosa di quel che potesse essere una strada maestra, e che non si vedevano i pali del telefono. Sapevo che questi si allineavano lungo la strada maestra, sicché ero evidentemente fuori strada. Fui riluttante per un momento ad ammettere l'errore, e proprio allora Peg inciampò pesantemente, e si fermò. Non si curò affatto delle mie esortazioni a proseguire, e quando venni fuori con la mia lanterna per vedere se ci fosse qualche impedimento sulla via, mi accorsi che Peg aveva perso un ferro, e che la sua zampa sanguinava. Il ferro doveva essere caduto in qualche posto indietro sulla strada, e il cavallo s'era imbattuto in un chiodo, o altro. Non vidi altra alternativa all'infuori di rimanere dove ci trovavamo per la notte. Ciò non era molto piacevole, ma le avventure della giornata mi avevano dato una mentalità stoica, e non vedevo l'utilità di affliggermi. Distaccai Peg, gli lavai la zampa con la spugna, e lo legai ad un albero. Avrei fatto delle esplorazioni più accurate, per accertare dove mi trovassi, ma un forte scroscio di pioggia cominciò a cadere: così mi arrampicai nel mio Parnaso, presi Bock con me, ed accesi la lampada. Erano quasi le dieci: non c'era altro da fare che coricarsi. Sicché mi tolsi le scarpe, e mi distesi sulla cuccetta.

Bock stava molto comodamente sul pavimento del carrozzone. Avevo intenzione di leggere per un po', e così non spensi la luce, ma invece mi addormentai quasi subito.

Mi destai alle undici e mezzo, e spensi la lampada, che aveva riscaldato il furgone. Aprii le piccole finestre sul davanti e sul retro, e avrei aperto la porta, ma temevo che Bock mi scappasse via. Pioveva ancora un poco. Con mia contrarietà, mi sentivo molto sveglia. Rimasi a giacere qualche tempo ascoltando il picchiettìo delle gocce di pioggia sul tetto e sul lucernario: un confortante suono quando si è al caldo e al sicuro. Ogni tanto sentivo Peg scalpitare fra gli arbusti. Mi stavo di nuovo appisolando quando Bock diede un sommesso latrato.

Una donna della mia mole non ha il diritto di essere nervosa, suppongo, eppure all'istante la mia sicurezza svanì! Il picchiettìo della pioggia mi apparve minaccioso, ed immaginai una quantità di orrori. Ero completamente sola e disarmata, e Bock non era un grosso cane. Ringhiò ancora, ed io mi sentii peggio di prima. Mi parve di udire furtivi rumori nei cespugli, e una volta Peg sbuffò come spaventato. Allungai una mano per accarezzare Bock, e sentii che il suo collo era tutto irto, come un gallo in lotta. Emise uno strano ringhio, mezzo lamentoso, che mi diede un brivido. Qualcuno doveva stare gironzolando intorno al carrozzone, ma col cadere della pioggia non riuscivo a distinguere nulla. Sentivo di dover fare qualche cosa. Non volevo gridare nel timore di palesare così il fatto che c'era solo una donna nel carrozzone. L'espediente che trovai era abbastanza assurdo, ma in ogni modo soddisfece il mio desiderio di agire. Afferrai una delle mie scarpe, e picchiai forte sul pavimento, borbottando nello stesso tempo con la voce più profonda e maschile che potevo sfoggiare:

– Ma che diavolo succede? Che diavolo c'è?

Questo sembra abbastanza stupido, ne convengo, eppure mi offrì qualche sollievo. E siccome Bock in breve cessò di ringhiare, evidentemente era servito al suo scopo.

Rimasi sveglia a lungo, fremendo tutta per il nervosismo, poi incominciai a calmarmi, e stavo per ricadere nella sonnolenza quasi mio malgrado quando fui scossa dall'inconfondibile rumore della coda di Bock che batteva sul pavimento, sicuro segno di piacere. Ciò mi insospettì quasi altrettanto dei suoi ringhi. Non osavo accendere la luce, ma sentivo Bock che annusava la porta del carrozzone, e guaiva con ansia. Questo sembrava alquanto misterioso, e di nuovo strisciai fuori furtivamente dalla cuccetta, e picchiai vigorosamente sull'impiantito, questa volta con la padella, che fece un frastuono innaturale. Peg nitriva e sbuffava, e Bock incominciò ad abbaiare. Persino nel mio sgomento mi veniva quasi da ridere.

« Pare una gabbia di matti » pensai fra me, e riflettei che probabilmente il trambusto era causato soltanto da qualche animaletto: forse un coniglio o una lontra, di cui Bock aveva sentito l'odore, e cui voleva dare la caccia. Lo accarezzai, e mi trascinai ancora una volta alla mia cuccetta.

Ma la vera emozione doveva ancora venire. Circa mezz'ora più tardi udii, senza possibilità di errore, un fruscio di passi lungo il furgone. Bock ringhiò furiosamente, ed io mi trovai in uno stato di panico. Qualche cosa colpì una delle ruote. Poi scoppiò un frastuono straordinario. Udii dei passi rapidi, Peg nitrì in modo lamentoso, e qualcosa cadde pesantemente contro la parte posteriore del furgone. Ci fu una lotta violenta sul terreno, un rumore di colpi e un respirare affannoso. Col cuore che mi saltava in gola, scrutai da una delle finestre dietro il carrozzone. Non vi era quasi luce, ma potei scorgere confusamente una massa aggrovigliata che si torceva per terra. Qualche cosa urtò contro una delle ruote posteriori e fece tremare il Parnaso. Udii un rauco bestemmiare, e poi l'intera massa, quello che era insomma, ruzzolò giù fra i cespugli. Ci fu un tremendo schianto, e un rumore di ramoscelli strappati. Bock guaiva, ringhiava, e grattava pazzamente alla porta. Poi vi fu completo silenzio. I miei nervi erano molto scossi. Non credo d'aver mai provato un simile spavento da quando nell'infanzia mi svegliavo da un incubo. Piccoli brividi di terrore mi correvano su e giù per la spina dorsale, e i capelli mi si drizzavano sul capo. Trassi Bock sulla cuccetta, e mi distesi tenendogli una mano sul collare. Anche lui pareva agitato, e ogni tanto fiutava stranamente. Finalmente si calmò e si addormentò. Pensò che saranno state le due, ma non volevo accendere la luce. Alla fine mi appisolai.

Quando mi svegliai il sole splendeva radioso, e si udiva nell'aria il cinguettio degli uccelli. Mi sentivo irrigidita e a disagio, per aver dormito vestita. Il mio piede era reso quasi insensibile dal peso di Bock. Mi alzai e guardai fuori dalla finestra. Il Parnaso si trovava in uno stretto viottolo, presso un boschetto di betulle. Il terreno era fangoso, e solcato di impronte di piedi dietro al carrozzone. Aprii la porta e guardai intorno a me. La prima cosa che vidi per terra, presso una delle ruote, fu uno sgualcito berretto di tweed.

9

Ebbi un'impressione di profondo stupore. Il professore non era dunque partito per Brooklyn! Che cosa significava questo gironzolarmi intorno come un detective? Era nostalgia del Parnaso? Probabilmente no. E allora che cos'erano i terribili rumori uditi nella notte? Forse qualche vagabondo aveva fatto la ronda intorno al carrozzone nella speranza di derubarmi? E aveva forse attaccato Mifflin? O era Mifflin che aveva attaccato il vagabondo? E chi aveva avuto la peggio? Raccolsi il berretto fangoso e lo lanciai nel furgone.

Comunque avevo da risolvere dei problemi per conto mio, e quelli del professore potevano aspettare. Peg nitrì lamentosamente quando mi vide. Esaminai il suo piede. Alla luce del giorno non era difficile diagnosticare il suo male. Una lunga, frastagliata scheggia di ardesia si era conficcata nell'attaccatura della zampa.

La estrassi facilmente, scaldai un po' d'acqua e lavai ancora la zampa con la spugna. Tutto sarebbe ritornato normale una volta che fosse stato ferrato. Ma dov'era il ferro?

Diedi un po' di avena al cavallo, misi a cuocere un uovo e una tazza di caffè sulla stufetta a petrolio, e sbriciolai un biscotto da cani per Bock. Mi meravigliai una volta ancora della perfetta organizzazione del Parnaso. Bock mi aiutò a nettare la padella. Annusò ansiosamente il berretto quando glielo mostrai, scodinzolò.

Mi parve che l'unica cosa da farsi fosse di lasciare il Parnaso e gli animali dove stavano e di ritornare sui miei passi fino alla fattoria Pratt. Indubbiamente il signor Pratt mi avrebbe venduto volentieri un ferro da cavallo, e mi avrebbe mandato un suo dipendente a fare il lavoro per me. Non potevo guidare Peg così com'era, con una zampa ferita e senza ferro. Giudicavo che il Parnaso fosse al sicuro: il viottolo pareva solitario, e conduceva a una cava di pietre deserta.

Legai Bock ai gradini per fargli fare da guardia, presi con me la borsa e il berretto del professore, chiusi a chiave la porta del furgone, e mi incamminai sul sentiero. Bock guaì e tirò violentemente il guinzaglio quando mi vide scomparire, ma non vedevo che cosa altro avrei potuto fare.

Il viottolo raggiungeva la strada maestra circa un mezzo miglio indietro. Dovevo essere addormentata la sera prima, altrimenti non avrei mai potuto fare lo sbaglio di quella svolta. E non capivo perché Peg avesse voltato, a meno che, essendosi ferito al piede, non avesse giudicato il sentiero laterale un posto adatto per riposare. Doveva essere abituato a fermarsi a pernottare all'aperto.

Camminavo a lunghi passi meditando sulla mia avventura, e decisi di comprare una pistola al mio arrivo a Woodbridge. Mi ricordo di avere pensato che ora avrei potuto io stessa scrivere un libro.

Cominciavo già a sentirmi una pioniera incallita. Non ci vuole molto tempo ad abituare una persona adattabile a un nuovo tenore di vita, e la monotona routine della fattoria appariva di certo prosaica in confronto ai viaggi del Parnaso. Quando fossi arrivata al di là di Woodbridge e avessi attraversato il fiume, avrei incominciato seriamente la vendita dei libri. Avrei anche comprato un quaderno per appunti e avrei annotato le mie esperienze. Avevo sentito dire che il vender libri era un mestiere da donna, ma pensavo che il mio gusto per questa professione fosse probabilmente unico. Avrei perfino potuto scrivere un libro che rivaleggiasse con quelli di Andrea – sì, e con quello di Mifflin. E questa riflessione riportò i miei pensieri a Barbarossa. Fra tutte le persone straordinarie, pensavo, lui ha certamente il primato; e poi, sorpassando una curva, lo vidi seduto su uno steccato, con la testa che brillava nella luce del sole. Il mio cuore diede un balzo. Credo che cominciassi ad affezionarmi al professore. Egli stava esaminando qualche cosa che teneva in mano.

– Lei prenderà un colpo di sole – dissi. – Ecco il suo berretto –. Lo trassi di tasca e glielo porsi.

– Grazie – rispose, alquanto freddamente. – Ed eccole il suo ferro da cavallo. Un onesto scambio!

Scoppiai a ridere, ed egli sembrava alquanto sconcertato, come io appunto desideravo che fosse.

– Credevo che fosse a Brooklyn a quest'ora – dissi, – al numero 600 di Abingdon Avenue, a lavorare al primo capitolo. Che cosa significa seguirmi in questa maniera? Mi ha spaventata a morte questa notte. Mi sentivo come un'eroina di Fenimore Cooper chiusa in un fortino assediato dai Pellirosse –. Egli arrossì e prese un'aria molto imbarazzata.

– Le devo delle scuse – replicò, – io non intendevo affatto che lei mi vedesse. Comprai un biglietto per New York e registrai il bagaglio. E poi mentre aspettavo il treno mi venne in mente che suo fratello aveva ragione, e che era un maledetto rischio per lei andare girovagando sola col Parnaso. Ebbi paura che potesse accaderle qualche cosa. La seguii sul suo cammino cercando però di non farmi scorgere.

– Dov'era lei mentre io mi trovavo dai Pratt?

– Ero seduto un po' al di sotto della strada e mangiavo pane e formaggio. Scrissi perfino una poesia, ciò che mi accadde molto raramente.

– Bene, spero che sarà arrossito – dissi io, – perché i Pratt l'hanno messo su un piedistallo –. Egli si confuse più che mai.

– Avrò forse sbagliato – replicò, – ma comunque io l'ho seguita davvero. Quando lei svoltò nel viottolo, mi tenni vicinissimo al furgone. Infatti conosco assai bene questa località e so che vi sono spesso dei malviventi che gironzolano intorno alla cava in fondo al viottolo. Hanno colà una grotta dove passano l'inverno. Temevo che qualcuno di loro potesse disturbarla. Non poteva scegliere un posto peggiore per accamparsi. Per le ossa di George Eliot, Pratt avrebbe dovuto avvertirla; non posso comprendere perché lei non abbia passato la notte in casa sua.

– Se lo vuol sapere, ero stanca di sentire ripetere dai Pratt le sue lodi.

Vidi che egli cominciava a confondersi.

– Mi spiace di averla allarmata – disse. – Vedo che Peg ha perso un ferro. Se permette che glielo fissi, dopo non la disturberò più.

Svoltammo di nuovo lungo la strada ed osservai allora per la prima volta la parte del viso di Mifflin. Sotto l'orecchio vi era una larga ferita livida.

– Quel malandrino o chiunque fosse – dissi io, – deve essere stato un aggressore più forte di Andrea. Vedo che le ha colpito la guancia. Le succede spesso di fare del pugilato? – Il suo disappunto svanì. Evidentemente il professore godeva di una lotta almeno quanto godeva della lettura di un buon libro.

– Per favore, non badi al modo come io ho passato le ultime mie ventiquattro ore – disse ridacchiando. – Sono così poco abituato a fare da paladino alle signore, che forse prendo troppo sul serio questa responsabilità.

– Non ha dormito affatto la notte scorsa? – domandai. Credo di essermi resa conto per la prima volta che quel galante ometto aveva passato tutta la notte all'aperto sotto una pioggia scrosciante, soltanto per proteggermi da eventuali seccature, ed io ero rimasta imperdonabilmente ineducata verso di lui.

– Ho trovato un bellissimo mucchio di fieno in un campo sopra la cava di pietre. Mi ci sono ficcato nel mezzo. Un mucchio di fieno può essere più comodo di una locanda.

– Bene – dissi io pentita, – non potrò mai perdonarmi per tutto il disturbo che le ho dato. È stato straordinariamente gentile da parte sua a fare quello che ha fatto. Per favore, si metta il berretto e non prenda freddo.

Camminammo per qualche minuto in silenzio. Io lo guardavo con la coda dell'occhio. Temevo che si fosse buscato un malanno per essere stato fuori tutta la notte al freddo e all'umidità, per non dire niente della baruffa avuta con quel malvivente; ma in realtà egli aveva l'aria più arzilla che mai.

– Le piace la vita raminga di un venditore di libri? – chiese; – deve leggere George Borrow. Gli sarebbe piaciuto il Parnaso.

– Stavo per l'appunto pensando quando l'ho incontrata, che potrei scrivere un libro sulle mie avventure.

– Bene! – esclamò lui. – Potremmo collaborare.

– C'è un'altra cosa in cui potremmo collaborare – dissi io, – ed è nel far colazione. Sono sicura che lei non l'ha fatta.

– No, non credo; non dico mai bugie quando so che non sarò creduto.

– Neanch'io ho fatto colazione – aggiunsi. Pensai che dire una cosa non vera era il meno che potessi fare per ricompensare l'ometto del suo altruismo.

– Bene, pensavo realmente che a quest'ora... – s'interruppe. – Era Bock che abbaiava? – domandò brusco.

Avevamo camminato lentamente, senza aver ancora raggiunto il punto in cui il viottolo si stacca dalla strada maestra. Eravamo ancora a circa tre quarti di miglio dal posto dove avevo bivaccato quella notte. Tutti e due ascoltammo attentamente, ma io non riuscii a udire che il ronzio dei fili del telefono lungo la strada.

– Non è niente – disse Mifflin. – M'era parso di sentire un cane.

Ma notai che accelerava il passo.

– Stavo dicendo – continuò, – che stamattina pensavo di aver perduto il Parnaso per davvero, ma sono felice di aver l'occasione di vederlo ancora. Spero che sarà un buon amico per lei come lo è stato per me. Suppongo che lo venderà quando ritornerà dal Saggio.

– Non lo so proprio – risposi. – Devo confessare che mi sento ancora un po' in alto mare. Il mio desiderio di avventura sembra avermi condotta più lontano di quanto mi aspettassi. Comincio a vedere che in questo gioco di vendere libri, c'è di più di quanto avessi supposto. Per essere sincera, mi sta entrando nel sangue.

– Bene, questo è bello – esclamò Mifflin cordialmente. – Non avrei potuto lasciare il Parnaso in mani migliori. Dovrà farmi sapere che cosa ne farà, e allora forse, dopo, quando avrò finito il mio libro, potrò ricomprarlo.

Arrivammo al viottolo. Il terreno era sdrucciolevole sotto gli alberi, e andavamo in fila indiana, Mifflin davanti. Guardai il mio orologio, erano le nove: un'ora giusta da che avevo lasciato il carrozzone. Mentre ci avvicinavamo al punto, Mifflin seguitava a guardare davanti, attraverso le betulle, in uno strano modo.

– Che cosa c'è? – domandai. – Ci siamo quasi, non è vero?

– Ci siamo, sì – rispose lui. – Il posto è questo.

Il Parnaso era sparito.

10

Ci fermammo nel più completo smarrimento – io, in ogni caso – per il tempo che ci vuole a sbucciare una patata. Non vi poteva essere dubbio sulla direzione che aveva preso il carrozzone perché il solco delle ruote era visibile. Era andato più avanti sul viottolo, verso la cava. Sul terreno, che era ancora fangoso, vi erano parecchie impronte di piedi.

– Per le ossa di Policarpo! – esclamò il professore. – Quei malandrini hanno rubato il furgone! Scommetto che pensano di farne una comoda vettura letto per loro. Se avessi immaginato che ce n'era più di uno di quei furfanti in giro, avrei sorvegliato più da vicino. Hanno bisogno di una lezione.

Buon Dio, pensai, ecco Don Chisciotte sul punto di impegnarsi in un'altra battaglia.

– Non faremmo meglio a tornare indietro in cerca del signor Pratt? – chiesi.

Questa era proprio l'ultima cosa che avrei dovuto dire. Avevo punto ancor di più l'amor proprio e il coraggio del fiero ometto.

– Nulla del genere! – rispose Mifflin. – Questi individui sono comunque codardi e vagabondi. Non possono essere andati lontano; lei non è stata via più di un'ora, non è vero? Se hanno fatto qualche cosa a Bock, per le ossa di Chaucer, li concerò per le feste. Mi pare di aver sentito Bock abbaiare.

Si affrettò su per il viottolo, ed io lo seguii spaventata. Il sentiero costeggiava una collina, fra alte rocce e una foresta di betulle.

Penso che la distanza non fosse più di un quarto di miglio. Comunque, dopo pochi minuti, la strada faceva una brusca curva a destra, e noi arrivammo a un punto dal quale si dominava la cava, sopra un dirupo scosceso alto almeno cento piedi. In basso, accostato alla parete rocciosa, stava il Parnaso. Peg era fra le stanghe. Di Bock neanche l'ombra. Seduti vicini al furgone, stavano tre uomini dall'aspetto infido. Il fumo di un fornello si levava nell'aria; evidentemente avevano fatto un bottino della mia piccola dispensa.

– Stia indietro – disse il professore sottovoce. – Non facciamoci vedere –. Si appiattì nell'erba, e strisciò fino all'orlo della rupe. Io feci lo stesso, e stemmo a giacere lì, invisibili dal di sotto, ma capaci di vedere ogni cosa nella cava. I tre vagabondi stavano evidentemente godendo una eccellente colazione.

– Questo posto è un abituale luogo di ritrovo per questi tipacci – bisbigliò Mifflin. – Ogni anno ho visto in giro di questi malviventi. Vanno generalmente nei loro quartieri invernali alla fine di ottobre circa. C'è una vecchia parte di questa cava, che offre loro un dormitorio riparato, e siccome il posto è deserto, essi non vengono disturbati fintanto che non combinano qualche misfatto nelle vicinanze. Daremo loro...

– Mani in alto! – intimò una ruvida voce dietro di noi. Mi voltai.

C'era una grassa creatura, con la faccia rossa e l'aspetto infame, che puntava contro di noi una rivoltella. Era una situazione disgraziatissima. Tanto il professore che io stavamo lunghi distesi per terra. Eravamo completamente indifesi.

– Alzatevi! – ordinò il furfante, con voce aspra e cattiva. – Credevate forse che non avremmo nascosto le nostre tracce? Beh, dovremo finire per legarvi, mentre noi ce ne andremo col vostro « Palazzo di Cristallo ».

Balzai in piedi, ma con mia sorpresa il professore rimase disteso in tutta la sua lunghezza.

– Alzati! – gridò ancora il vagabondo. – Alzati sulle tue graziose membra, se vuoi favorire.

Penso che egli si credesse al sicuro da ogni attacco da parte di una donna. Comunque si chinò per afferrare Mifflin per il collo. Colsi la buona occasione, e gli saltai addosso da dietro. Sono pesante, come ho già detto, ed egli crollò a terra. I miei dubbi se la pistola fosse o non fosse carica, furono prontamente dissipati, perché sparò come un cannone. Ad ogni modo, non c'era nessuno sulla traiettoria, e Mifflin saltò in piedi in un baleno. Acchiappò il farabutto alla gola, e gli strappò l'arma di mano. Io corsi ad afferrarla.

– Tu, figlio di Satana – esclamò il valoroso Barbarossa. – Credevi di poterci attaccare, eh? Signorina McGill, lei è stata pronta come Giovanna d'Arco. Mi passi la pistola, per favore.

Gliela porsi, ed egli la spinse sotto il naso del malandrino.

– Ora – disse, – togliti quel cencio dal collo.

Il cencio ea un vecchio fazzoletto rosso, indicibilmente sudicio. Il briccone se lo tolse, borbottando e gemendo. Mifflin mi diede la pistola da tenere mentre legava per i polsi il nostro prigioniero. Nello stesso tempo udimmo un grido dalla cava di pietre. I tre vagabondi ci osservavano in grande agitazione.

– Tu di' a quei figurini alla moda laggiù – disse Mifflin, mentre annodava fra loro le mani del nostro prigioniero, – che se vogliono dar battaglia, li abbatterò come cornacchie –. La sua voce era fredda e aspra, ed egli appariva completamente padrone della situazione, ma devo confessare che mi domandavo come avremmo potuto aver ragione di quattro uomini.

Il lercio malandrino gridò qualcosa ai suoi compagni nella cava, ma non compresi cosa avesse detto, perché proprio in quel momento Mifflin mi chiedeva di tener a bada il nostro prigioniero, mentre egli avrebbe cercato un bastone. Stetti con la pistola puntata alla testa del furfante, intanto che Mifflin correva indietro nel bosco di betulle, per tagliarvi un ramo. Al malandrino la faccia diventò bianca come un panno lavato, mentre fissava l'imboccatura della sua arma.

– Prego, signora – implorò, – quella pistola spara con tremenda facilità. La punti contro qualcosa d'altro, o in isbaglio mi farà crepare.

Io pensai che un po' di spavento non gli avrebbe fatto alcun male, e tenni ferma la canna contro di lui.

I bricconi giù, nella cava, parevano discutere sul da farsi. Non so se fossero armati o no: ma probabilmente essi immaginavano che noi fossimo più di due persone. Per ogni evenienza, al momento in cui Mifflin tornò indietro con una grossa stanga di betulla, essi stavano precipitandosi fuori dalla cava, dalla parte più bassa. Il professore bestemmiò, ed ebbe l'aria di voler dar loro allegramente la caccia, ma si frenò.

– Qua, tu – disse in tono brusco al malandrino, – cammina davanti a noi, giù verso la cava.

Il grosso farabutto camminava goffamente giù per il sentiero. Dovemmo fare tutto un giro per arrivare alla cava, e quando la raggiungemmo, gli altri tre malviventi erano scomparsi. Per dir la verità, a me non dispiacque. Pensavo che il professore avesse avuto abbastanza difficoltà, in quelle ultime ventiquattro ore.

Peg nitrì forte e lamentosamente quando ci vide, ma Bock era irreperibile.

– Che cosa hai fatto del cane, mascalzone? – chiese Mifflin. – Se gli hai fatto del male, te la farò pagare con la tua stessa pelle.

Il nostro prigioniero era molto spaventato.

– No, padrone, non abbiamo fatto del male al

cane – rispose in tono servile, – lo abbiamo legato in modo che non potesse abbaiare, questo è tutto. È nel « bus ».

E infatti, in quel momento, potemmo udire dal Parnaso un abbaiare e un guaire soffocati. Mi affrettai ad aprire la porta, e lì stava Bock, con le mascelle legate da una corda. Balzò fuori, e fece sforzi supercanini per esprimere la sua gioia di rivedere il professore. A me prestò pochissima attenzione.

– Bene – disse Mifflin dopo aver liberato il muso del cane, ed avergli impedito con difficoltà di affondare i denti negli stinchi del malandrino, – che cosa faremo di questo eroico campione? Dobbiamo trasportarlo alle prigioni di Port Vigor, o lo lasciamo andare?

Il malvivente scoppiò in una gemente supplica, che era quasi comica tanto era abbietta.

Il professore tagliò corto.

– Io dovrei spedirti in carcere – disse. – Sei tu quell'Apollo col quale ho lottato la notte scorsa? Eri tu che ti celavi vicino al carrozzone?

– No, padrone, quello era Splitlip Sam, com'è vero Dio. Tornò indietro, padrone; disse che s'era battuto come un gatto selvatico. Sa, padrone, lo ha colpito forte. Uno dei suoi occhi è un budino! Padrone, le giuro che io non ci ho avuto niente a che fare.

– Non mi piace la tua compagnia – disse il professore, – e sto per metterti in libertà. Conterò fino a dieci, e se allora non sarai fuori da questa cava, sparerò. E se ti vedo un'altra volta, ti scortico vivo. Adesso fuori! – Mifflin tagliò in due il fazzoletto annodato. Il vagabondo non aveva bisogno di essere sollecitato. Voltò i tacchi e fuggì come un coniglio. Il professore lo guardò andare e quando la grossa goffa figura sbucò attraverso una siepe e disparve, sparò un colpo di revolver in aria per spaventarlo ancora di più. Poi gettò l'arma nella pozza d'acqua lì vicino.

– Ebbene, signorina McGill – disse ridacchiando, – se ha voglia di far colazione, io intanto ferrerò Peg.

E ancora una volta si tolse il ferro di tasca.

Una breve ispezione del Parnaso mi persuase che i ladri non avevano avuto il tempo di fare gravi danni. Avevano tirato fuori quasi tutti i commestibili e li avevano sparsi su una roccia piatta in preparazione di un festino, ed avevano infangato abbondantemente il carrozzone; ma altrimenti non mi parve che mancasse niente. Così mentre Mifflin si occupava della zampa di Peg, non mi fu difficile preparare un pasto. Trovai un getto d'acqua pulita sgocciolante lungo il fianco della rupe. Vi erano ancora alcune uova e pane e formaggio nella piccola madia, e un barattolo ancora chiuso di latte condensato. Diedi a Peg il suo sacchetto di avena e nutrii Bock che saltellava intorno di ottimo umore. Nel frattempo era stato ferrato il cavallo, e il professore ed io ci sedemmo per un pasto improvvisato. Io cominciavo ad avere l'impressione che quell'esistenza zingaresca fosse la cosa più naturale della mia vita.

– Bene, professore – dissi, mentre gli porgevo una tazza di caffè e un piatto di uova strapazzate e formaggio, – per un uomo che ha dormito su un mucchio di fieno bagnato, lei se la cava molto brillantemente.

– Il vecchio Parnaso è come una procellaria – egli replicò. – Una volta pensavo che la maggior difficoltà nello scrivere un libro fosse quella d'inventare i fatti che dovevano accadere, ma se dovessi mettermi a scrivere le avventure che ho vissuto nel Parnaso ne uscirebbe una vera Odissea.

– Come va la zampa di Peg? – chiesi, – può camminare?

– Andrà bene, procedendo lentamente. Ho raschiato la parte ferita e rimesso il ferro. Tengo una piccola borsa di arnesi sotto il furgone per occorrenze di ogni specie.

Faceva freddo, e non indugiammo nel nostro pasto. Io feci finta di mangiare, perché avevo già fatto prima una piccola colazione, e perché gli avvenimenti delle ultime ore mi avevano resa piuttosto inquieta. Volevo ricondurre il Parnaso sulla strada maestra, a trotterellare al sole per riflettere sulle cose accadute. La cava era una località desolata e inabitabile, in ogni modo. Ma prima di partire esplorammo la grotta dove i vagabondi si stavano preparando un rifugio per l'inverno. Non era veramente una grotta, ma soltanto una gola nella rupe di granito. Uno schermo di sempreverdi proteggeva l'apertura contro le intemperie, e nell'interno vi erano pile di sacchi che evidentemente erano stati usati come letti; e molte vecchie casse da droghiere da usarsi come tavoli e sedie. Fui divertita osservando un frammento di specchio che ciondolava in un angolo della roccia. Perfino quei pezzenti, evidentemente, non erano del tutto indifferenti alle apparenze esteriori. Mentre il professore dava un'ultima occhiata alla zampa di Peg, colsi l'occasione per accomodarmi un po' i capelli che erano in uno stato spaventoso. Penso che Andrea mi avrebbe a malapena riconosciuta quella mattina.

Guidammo Peg su per il ripido pendio, indietro sul viottolo dove io avevo deviato, e alla fine raggiungemmo di nuovo la strada maestra. Qui io incominciai a dettar legge a Barbarossa.

– Adesso senta un po', professore – dissi. – Io non voglio lasciarle fare tutta la strada a piedi fino a Port Vigor. Dopo la notte che ha passato ha bisogno di riposo. Si arrampichi sul Parnaso e si sdrai per un buon sonnellino. Io la condurrò a Woodbridge dove lei potrà prendere il treno. Adesso vada dritto a quella cuccetta. Io siederò qui fuori e mi metterò a guidare.

Egli resistette, ma senza molta energia. Credo che quel pazzerello fosse proprio disfatto e non c'era da stupirsene. Io stessa ero un tantino ubriaca. Alla fine egli divenne del tutto docile. Si arrampicò nel furgone, si tolse gli stivali e si stese sotto la coperta. Bock lo seguì e credo che ambedue si addormentassero all'istante. Salii a cassetta e presi le redini. Misi Peg al passo perché volevo risparmiare la sua zampa ferita.

Perbacco, che mattina era quella dopo la pioggia! La strada correva molto vicina alla spiaggia e di tanto in tanto potevo vedere l'acqua di sfuggita. L'aria era pungente, non la solita aria che respiriamo ed espelliamo senza accorgercene, ma un'essenza acuta e vibrante, forte come la canfora o l'ammoniaca. Il sole pareva concentrarsi sul Parnaso, e noi procedevamo sulla strada bianca immersi in una luce d'oro. Le piatte fronde dei cedri oscillavano dolcemente nell'aria salmastra, e direi che per la prima volta in dieci anni mi sorpresi a divertirmi nella ricerca di parole atte a descrivere la bellezza del mattino. Immaginai perfino di farne una descrizione come se fossi stata Andrea o Thoreau. Lo strambo piccolo professore mi aveva inoculato la sua foga letteraria, credo.

E dopo feci una cosa riprovevole. Proprio per caso misi la mano nella piccola tasca a fianco del sedile dove Mifflin teneva alcuni rimasugli di roba. Intendevo dare un'altra occhiata al suo biglietto da visita con la poesia scrittavi sopra. E lì trovai uno strano sgualcito taccuino, evidentemente dimenticato. Sulla copertina c'era scritto in inchiostro: « Pensieri sui presenti dispiaceri ». Questo titolo mi sembrò vagamente familiare. Mi parve di ricordare qualcosa del genere dei miei giorni di scuola; più di vent'anni addietro, bontà divina! Naturalmente, se fossi stata discreta non avrei letto il taccuino. Ma con una specie di cavillosa autogiustificazione mi rammentai che avevo comprato il Parnaso con tutto quello che conteneva: « serratura, merce, barile, turacciolo » come soleva dire Andrea. E così...

Il taccuino era pieno di brevi appunti, scritti a matita con la calligrafia piccola e precisa del professore. Le parole erano cancellate e macchiate, ma facilmente leggibili. Lessi questo:

Non credo che Bock o Peg si sentano soli ma, per le ossa di Ben Gunn, io sì. Sembra stupido, quando Herrick e Hans Andersen e Tennyson e Thoreau e un intero carico di altri buoni individui stanno viaggiando dietro la mia schiena. Posso sentirli parlare mentre procediamo traballando.

Ma i libri dopo tutto non sono una sostanza viva, e di tanto in tanto si sente il bisogno di qualche relazione umana. Non ho frequentato nessuno per otto anni, tranne Runt, che potrebbe essere morto senza che io lo sappia.

Questo vagabondare è bello in un certo senso, ma deve avere una fine, un giorno. Un uomo ha bisogno di mettere le radici in qualche posto per essere veramente felice.

Siamo proprio vittime assurde di desideri contrastanti! Se un uomo è stabilito in un posto, aspira a vagabondare; quando va errando qua e là, aspira ad avere una casa. Eppure com'è materiale la soddisfazione: tutte le grandi cose nella vita sono state fatte da persone infelici.

Ci sono tre ingredienti in una buona vita: cultura, guadagno e aspirazioni. Un uomo dovrebbe imparare durante il cammino della vita; e dovrebbe guadagnare il pane per se stesso e per altri; e dovrebbe anche avere delle aspirazioni: aspirare a conoscere l'inconoscibile.

Com'è bello il vecchio poema *La puleggia* di George Herbert! Quei tipi elisabettiani sapevano scrivere! Forse i loro scritti erano in parte rovinati dalla loro idea che le poesie dovevano essere « spiritose ». (Ricordate quello che disse Bacone: che il leggere i poeti rende spiritosi? In questo modo egli diede la direttiva alla letteratura del suo tempo). I loro fantastici giochi di parole ed i loro concetti sono piuttosto fuori moda oggigiorno. Ma, oh Signore! La radice del problema era in loro. Con quale galanteria e con che reverenza trattano i problemi della vita!

Quando Dio creò l'uomo (dice George Herbert) aveva vicino a sé una « coppa colma di grazie ». Così Egli riversò sull'uomo tutte le grazie a lui riservate: forza, bellezza, saggezza, onori, piaceri; e poi Egli si trattenne dal dargli l'ultima di queste grazie, la quale è la pace, ossia la soddisfazione.

Dio vede che se l'uomo è soddisfatto o felice non troverà mai la via che conduce a Lui. È meglio che l'uomo non abbia pace, così che

se la bontà non lo guida,
saranno le prove che lo attrarranno a Me.

Qualche giorno scriverò un romanzo su questo tema e lo intitolerò *La puleggia.*

In questo tragico mondo senza pace ci deve essere un posto dove alla fine possiamo appoggiare il capo e riposare. Certa gente lo chiama morte, altri lo chiamano Dio. Il mio ideale di uomo non è l'Omar che desidera fare a pezzi questo triste schema di cose e poi riplasmarlo più consono ai desideri del cuore. Il vecchio Omar era un vile coi suoi pigiami di seta e il suo bicchiere di vino, il vero uomo è il « legno stagionato » di George Herbert, l'individuo che fa facilmente e bene qualunque cosa. Anche se deve solamente gettare con una pala il carbone nella fornace lo fa con cura, butta il carbone direttamente nel fuoco senza spargerne per terra. Sia che debba spaccare legna o accendere il fuoco o guidare un tramvai, ne può fare un lavoro buono e artistico. Anche se deve scrivere un libro o sbucciar patate può mettere in queste cose il meglio di sé. Anche se è un vecchio sciocco dalla testa pelata, sopra i quarant'anni, che vende libri su una strada di campagna, può di questo mestiere farsi un ideale. Buon vecchio Parnaso! È una gran cosa... credo che dovrò rinunciarvi presto però: devo scrivere quel mio libro. Ma il Parnaso è stato una vera coppa di grazie per me.

C'era molto di più nel taccuino: in realtà era quasi pieno di paragrafi abbozzati, di promemoria, e di frammenti di frasi – credo che alcuni di questi fossero poesie – ma avevo visto abbastanza. Mi sembrava di essere penetrata inconsciamente nel cuore patetico, coraggioso e solitario dell'ometto. Temo di essere una creatura comune, insensibile a molte delle cose più profonde della vita, ma ogni tanto, come ognuno di noi, mi trovo faccia a faccia con qualcosa che mi turba. Vedevo come quel piccolo venditore ambulante dalla barba rossa fosse simile a una pasta lievitata nella grande pesante massa umana: come nel suo vagabondaggio cercasse di raggiungere a modo suo i suoi ideali di bellezza. Mi sentii quasi materna verso di lui: desideravo dirgli che lo comprendevo. E in un certo modo mi vergognai di essere sfuggita ai miei doveri domestici, alla mia cucina, al mio pollaio ed al mio vecchio caro Andrea collerico e distratto. Subentrò in me un senso di calma. Pensai che appena fossi stata sola avrei venduto il Parnaso e sarei in tutta fretta ritornata alla fattoria. Quello era il mio dovere, quella era la mia coppa di grazie. Che cosa stavo facendo io – una grassa donna di mezza età – girovagante sulle strade con un carico di libri che non capivo?

Ficcai nuovamente il piccolo taccuino nel suo nascondiglio. Sarei morta piuttosto di far sapere al professore che lo avevo letto.

11

Stavamo arrivando a Woodbridge e mi domandavo se dovevo svegliare il professore quando sentii scorrer la finestrella dietro di me, e il professore sporse la testa. – Salve! – esclamò, – credo di aver dormito.

– Lo spero bene – risposi. – Ne aveva bisogno.

Effettivamente aveva migliore aspetto e mi fece piacere constatarlo. Avevo realmente temuto che si ammalasse, avendo passato la notte all'aperto, ma compresi che era più robusto di quanto credessi. Mi raggiunse sul sedile ed entrammo nella città. Mentre egli andava alla stazione per informarsi del treno io mi divertii vendendo alcuni libri. Mi trovavo lontana dalla località dov'ero conosciuta e non mi sentivo intimidita nel tentativo di imitare i metodi di Mifflin. Feci perfino qualcosa di più, andando in una chincaglieria a comprare una campana. Mi misi a suonarla energicamente finché mi si raccolse intorno una folla, e allora alzai la parete del furgone e misi in mostra i miei libri. In realtà non ne vendetti che uno, ma, ciononostante, mi divertii.

Dopo poco Mifflin riapparve. Credo che fosse andato dal barbiere, comunque appariva molto arzillo: si era comprato un colletto e una cravatta svolazzante di un vivace azzurro elettrico che realmente gli donava.

– Bene – disse, – il Saggio vorrà rifarsi con me per quel pugno sul naso! Sono stato alla banca per incassare il suo assegno. Hanno telefonato a Redfield e pare che suo fratello abbia bloccato il pagamento. È una cosa molto seccante: pare che mi ritengano un mascalzone.

Ero furibonda. Che diritto aveva Andrea di far questo? – Che bestia! – esclamai. – Che diamine posso fare?

– Io le consiglio di telefonare alla banca di Redfield – disse Mifflin, – e di fare annullare le istruzioni di suo fratello. Ciò se lei non pensa di avere commesso un errore. Io non voglio approfittare di lei.

– Che sciocchezza – replicai. – Non permetterò ad Andrea di sciuparmi la vacanza. Questo è sempre il suo modo di fare: se gli entra un'idea in testa, è come un mulo. Telefonerò a Redfield e poi andremo alla banca qui.

Mettemmo il Parnaso all'albergo, e io andai al telefono. Ero seriamente arrabbiata con Andrea, e tentai subito di chiamarlo.

Ma la fattoria Sabina non rispondeva. Allora telefonai alla banca di Redfield, e trovai il signor Shirley. È il cassiere e lo conosco bene. Sono sicura che riconobbe la mia voce, poiché non fece alcuna obbiezione quando gli dissi ciò che desideravo.

– Ora telefoni alla banca di Woodbridge – dissi io, – e dica loro di consegnare il denaro al signor Mifflin. Andrò io stessa con lui per identificarlo. Va bene così?

– Perfettamente – disse egli. Che piccolo serpente ingannatore! Se avessi almeno immaginato ciò che egli andava macchinando!

Mifflin disse che alle tre vi era un treno ch'egli avrebbe potuto prendere. Ci fermammo in un piccolo ristorante per mangiare un boccone, poi egli ritornò alla banca e io lo seguii. Domandammo al cassiere se avesse avuto un messaggio da Redfield.

– Sì – disse, – l'abbiamo ricevuto or ora –. E mi guardò in modo piuttosto strano.

– Lei è la signorina McGill? – chiese.

– Sì, sono io – risposi.

– Vuol venire un momento con me? – mi domandò gentilmente. Mi condusse in un salottino e mi pregò di sedermi.

Immaginavo che mi avrebbe dato qualche carta da firmare, ed aspettai perciò pazientemente per parecchi minuti. Avevo lasciato il professore allo sportello del cassiere, dove gli avrebbero consegnato il suo denaro.

Aspettai per qualche tempo e finalmente mi stancai di guardare gli almanacchi dell'Assicurazione sulla vita. Poi casualmente diedi un'occhiata fuori della finestra. C'era il professore che stava per sparire all'angolo della via con un altro uomo.

Ritornai dal cassiere.

– Che cosa succede? – chiesi. – I vostri mobili di mogano sono bellissimi, ma io sono stanca di guardarli. Devo restarmene qui ancora a lungo? E dov'è il signor Mifflin? Ha ricevuto il suo denaro?

Il cassiere era un orribile ometto con delle basette.

– Mi dispiace che abbia dovuto aspettare, signora – egli disse. – La transazione è conclusa; abbiamo dato al signor Mifflin quanto gli era dovuto. Non è necessario che lei si trattenga più a lungo.

Trovai che questo era molto strano. Certamente il professore non sarebbe partito senza salutarmi! Però, notai che l'orologio faceva le tre meno tre minuti, così pensai che forse aveva dovuto correre per prendere il treno. Era un così strano ometto, dopo tutto...

Me ne tornai all'albergo, un po' sconvolta per questa improvvisa partenza. Almeno ero contenta che l'ometto avesse avuto regolarmente il suo denaro. Probabilmente avrebbe scritto da Brooklyn, ma certo non avrei ricevuto la lettera fino al mio ritorno alla fattoria poiché era l'unico indirizzo che egli avesse. Forse non sarebbe stata una cosa tanto lunga, dopo tutto; ma non mi sentivo di ritornare indietro, ora, dopo che Andrea si era comportato così male.

Guidai il Parnaso sulla chiatta e attraversammo il fiume. Mi sentivo sperduta e di cattivo umore. Perfino il fresco movimento dell'aria non mi dava piacere. Bock guaiva smarrito nell'interno del carrozzone.

Non mi ci volle molto tempo a scoprire che l'andare in giro da sola col Parnaso aveva perso molto del suo fascino. Mi mancava il professore: mi mancava il suo brusco franco modo di dire le cose, e il suo spirito capriccioso. Ed ero seccata del suo scappar via senza una parola di addio. Non mi pareva naturale. Acquietai in parte la mia irritazione fermandomi ad una fattoria dall'altra parte del fiume e vendendo un libro di cucina. Poi mi avviai sulla strada di Bath, distante circa cinque miglia. La zampa di Peg non sembrava dargli più disturbo, cosicché pensai che sarebbe stato più sicuro fare quel percorso prima di fermarci per la notte. Contando i giorni (con qualche difficoltà: era come se fossi stata via di casa per un mese) mi ricordai che era sabato sera. Pensai di rimanere a Bath la domenica per riposarmi. Procedevamo con calma sulla strada, ed io mi presi una copia di *La fiera delle vanità.* Ero così assorta in Becky Shar, che non volli interrompere la lettura nemmeno per vendere libri nelle case sul mio passaggio. Leggere dei buoni libri rende umili, io credo. Quando un libro veramente grande ci mostra le meraviglie intime dell'animo umano, ci si sente piccoli per forza, come quando si guarda il Dipper in una notte serena, o si ammira il levar del sole d'inverno, uscendo a raccogliere le uova. Ed ogni cosa che ci fa sembrare piccoli è ottima per noi.

« Che cosa intende lei per un grande libro? » chiese il professore, voglio dire, immaginai che me lo chiedesse. Mi sembrava di vederlo seduto davanti a me, con la pipa in mano, e quella faccetta dall'espressione ironica che mi scrutava. Comunque, la conversazione del professore mi aveva fatto riflettere. Credo che fosse altrettanto utile di un corso di corrispondenza Scranton, e senza spesa di affrancatura.

« Bene », dissi al professore – a me stessa, voglio dire – « vediamo un po': che cos'è un buon libro? ». Non intendo libri come quelli di Henry James (è il grande idolo di Andrea. Mi pareva sempre che in James ci fosse come un affollamento di parole, che gli salivano alla testa, e che egli non si soffermasse mai per farle uscire appropriatamente). Un buon libro dovrebbe avere qualche cosa di semplice in sé. E, come fu per Eva, dovrebbe uscire dalla terza costola: dovrebbe esservi un cuore che vi battesse sotto. Un romanzo unicamente cerebrale non vale molto. In ogni caso, non riuscirà mai a prevalere all'assemblea di Dorcas. Questo era l'inconveniente con Henry James: Andrea parlava tanto di lui, che io presi uno dei suoi libri per leggerlo ad alta voce al nostro corso di cucito a Redfield. Ebbene, dopo una prova, dovemmo ricadere nel solito *Pollyanna.*

« L'essermi occupata per quindici anni della direzione di una fattoria mi ha dato una certa esperienza della vita, e anche qualche idea sui libri.

« Non vorrei certo far prevalere i miei punti di vista letterari sui suoi, professore » (stavo sempre parlando a Mifflin mentalmente), « no, e nemmeno su quelli di Andrea, ma – come ho già detto – ho i miei modi di vedere. Mi sono resa conto che lo scrivere un libro o lavare i piatti, purché sia un lavoro fatto coscienziosamente, ha lo stesso valore. Penso che i libri di Andrea siano abbastanza buoni, dopo tutto, poiché certo egli li elabora lungamente. Posso perdonargli di essere un fattore incapace, purché compia i suoi lavori letterari in modo completo. Se un uomo fa un dato lavoro il meglio possibile, può anche trascurare le altre cose. Immagino che non abbia importanza che io sia ignorante in letteratura, purché sia considerata una cuoca di prim'ordine. Era ciò che io pensavo abitualmente, mentre lucidavo, nettavo, strofinavo, spolveravo e scopavo, e poi mi mettevo a preparare il pranzo. Se per soli dieci minuti mi fossi seduta a leggere, il gatto avrebbe mangiato la torta. Comunque, nessuna donna, in campagna, può sedersi per un quarto d'ora di seguito, fra il levar del sole e il tramonto, a meno che non abbia una mezza dozzina di domestici. E nessuno può conoscere qualche cosa della letteratura se non passa la maggior parte della sua vita seduto a leggere ».

Il coltivare la riflessione filosofica era una esperienza nuova per me. Peg trottava contento, il cane era rimorchiato sotto il Parnaso, dove lo avevo legato. Io leggevo *La fiera delle vanità*, e pensavo ad ogni sorta di cose. Una volta uscii per cogliere alcune foglie scarlatte di acero, che mi attrassero. Le automobili che incontravo mi infastidivano con la loro polvere e il rumore, ma ogni tanto una di esse si fermava, i viaggiatori osservavano curiosamente il mio carrozzone, e poi domandavano di vedere qualche libro. Io alzavo le pareti, e ci mettevamo su un lato della strada a fare una buona chiacchierata. Qualcuno comprò dei libri.

Quando fui vicina a Bath, le lancette del mio orologio segnavano l'ora della cena. Ero sempre un po' schiva dal sistema di Mifflin di fermarsi a pernottare nelle fattorie, sicché pensai di dirigermi direttamente verso la città a cercarmi un albergo.

Il giorno seguente era domenica, e mi pareva ragionevole concedere un buon riposo al cavallo, e rimanere due notti a Bath. La « Hominy House » aveva un aspetto lindo e antiquato, e il nome mi piaceva, così vi entrai. Era una specie di pensione di prima categoria, popolata per lo più da vecchie signore. Mi parve quasi letteraria, e alla Elbert Hubbardish, in confronto al Gran Centrale di Shelby. I proprietari mi osservarono un po' sospettosi, e credetti che mi dicessero che non accoglievano venditori ambulanti; ma quando deposi un biglietto nuovo da cinque dollari sul banco, fui subito servita bene. Un biglietto da cinque dollari è un titolo di nobiltà nella Nuova Inghilterra.

Per Diana! Come gustai quel pasticcio di pollo sul toast, e quei dolci di miglio allo sciroppo! Quando si è abituati a cucinarsi tutto da sé, un pasto ammannito da una cucina altrui, è il miglior trattamento che si possa avere. Dopo cena, ero pronta a sedermi fuori sotto il portico, con la giacchetta sulle spalle, a scaldare una sedia a dondolo, quando mi ricordai che toccava a me seguitare le tradizioni del Parnaso. Ero lì per diffondere il vangelo della buona lettura.

Mi trovai a pensare che il professore non trascurava mai di portare innanzi la sua campagna. Ed io decisi di essere degna della causa.

Quando ripenso a quell'esperienza, mi sembra abbastanza pazzesco, ma al momento ero piena di una specie di zelo evangelico. Pensai che se dovevo provarmi a vendere libri, tanto valeva che cercassi anche di trarne qualche divertimento. La maggior parte delle vecchie signore stava accoccolata nel salotto, ricamando o leggendo, o giocando a carte. Nella sala dei fumatori vidi due uomini rinsecchiti. La signora Hominy, la direttrice dell'albergo, stava seduta a una scrivania, dietro una grata di ottone, intenta a far conti con una penna d'oca. Pensai che quella casa non aveva subito scosse dal tempo in cui Walt Whitman scrisse *Foglie d'erba.* Con una specie di spirito di ribellione, decisi di risvegliarli tutti dal loro letargo.

Nella sala da pranzo avevo notato una grossa campana che stava dietro alla porta. La afferrai, e, in piedi nel grande atrio, mi misi a suonarla con tutta la forza che avevo nel braccio. Si poteva credere che fosse un allarme per un incendio. La signora Hominy lasciò cadere la penna inorridita. Le aristocratiche dame nel salotto accorsero come tanti scarafaggi. In un minuto avevo radunato un rispettabile uditorio; toccava a me ora di affascinarlo.

– Amici – incominciai (inconsciamente imitando le malizie commerciali del professore): – questa campana che abitualmente vi chiama a tavola, vi chiama ora a un festino letterario. Con il permesso della direzione, e scusandomi di disturbare la vostra tranquillità, vi farò parte di alcune osservazioni sul valore dei buoni libri. Vedo che qualcuno di voi è amante della lettura, così forse l'argomento vi sarà simpatico.

Essi mi fissarono col calore di un cono da gelato.

– Signori e signore – continuai, – certamente voi ricordate la storia di Abramo Lincoln, quando disse: Se chiamate gamba la coda di un cane, quante code ha il cane? Cinque rispondete. Sbagliato; perché, come diceva il signor Lincoln, chiamare gamba una coda...

Penso ancora adesso che fosse un buon inizio. Ma non andai più lontano. La signora Hominy uscì dal suo stato di trance, si precipitò fuori dalla cabina, e mi afferrò per un braccio. Era rossa dalla rabbia.

– Brava! – esclamò, – brava davvero!... devo pregarla di andare a finire il suo discorso altrove. Noi non ammettiamo commessi viaggiatori in questa casa.

E in un quarto d'ora attaccarono Peg, e ci misero fuori. In realtà, ero così meravigliata del mio proprio zelo, che potei appena protestare. In uno stato di stupefazione, mi trovai all'albergo Moose, dove mi assicurarono che si dava alloggio anche a commercianti. Andai dritta alla mia stanza, e mi addormentai non appena toccato il paglericcio.

Quello fu il mio primo ed ultimo discorso in pubblico.

12

Il giorno seguente era domenica, il sei ottobre. Ricordo bene la data. Mi svegliai vispa come un'eroina di Robert Chambers. Tutti i dubbi e le depressioni della sera precedente erano svaniti, e trovai bello e delizioso il mondo, e tutto quello che vi è in esso. L'albergo era misero, ma ci voleva ben altro per turbare il mio stato d'animo. Feci un bagno gelido in una vasca di stagno rustica, e poi mangiai uova e focaccia per colazione. A tavola c'era un commesso viaggiatore che vendeva materiale da illuminazione, e diversi altri venditori ambulanti. Credo che la mia conversazione fosse coscienziosamente modellata sulla linea che avrebbe tenuto il professore se fosse stato lì; ma ad ogni modo, procedetti facilmente. I commessi viaggiatori, dopo un momento di diffidenza un po' imbarazzata, mi trattarono completamente come una di loro, e mi fecero con interesse delle domande sul mio « ramo ». Descrissi quello che facevo, e tutti dissero che invidiavano la mia libertà di andare e venire indipendentemente dai treni. Chiacchierammo allegramente per parecchio tempo, e, quasi senz'averne l'intenzione, incominciai a tenere una conferenza sui libri. Alla fine insistettero perché io mostrassi loro il Parnaso. Ci recammo tutti nella scuderia dove si trovava il furgone, ed essi andarono ad ispezionare gli scaffali. Prima di accorgermene, avevo già venduto per il valore di cinque dollari, benché avessi deciso di non concludere nessun affare di domenica; ma non potevo rifiutare di vender loro la merce, perché sembravano tutti così smaniosi di procurarsi qualche cosa di veramente buono da leggere. Uno di loro continuava a parlare di Harold Bell Wright, ma dovetti ammettere che non l'avevo mai sentito nominare. Evidentemente il professore non aveva acquistato nessuna delle sue opere. Fui quasi compiaciuta nel constatare che il piccolo Barbarossa non conosceva poi *ogni cosa*, in letteratura.

Dopo di ciò, fui incerta se andare in chiesa, o scrivere lettere. Finalmente decisi in favore delle lettere. Per prima cosa mi dedicai ad Andrea. Scrissi:

Albergo Moose - Bath
Domenica mattina

Caro Andrea,

Sembra strano pensare che sono passati soltanto tre giorni dacché ho lasciato la fattoria Sabina. Francamente, mi sono accaduti più fatti in questi giorni, che non in tre anni a casa.

Sono spiacente che tu e il signor Mifflin non siate andati d'accordo, ma ho capito benissimo i tuoi sentimenti. Però, sono molto irritata con te, per aver tentato di bloccare l'assegno che io avevo dato a Mifflin. Non era affar tuo, Andrea. Ho telefonato al signor Shirley, affinché desse l'ordine alla banca di Woodbridge di consegnare il denaro a Mifflin. Egli non mi ha ingannata nell'affare del Parnaso. L'ho fatto di mia spontanea volontà. Se vuoi sapere la verità, è stata colpa tua!

L'ho comperato perché avevo paura che lo comperassi tu, se non lo facevo io. E non volevo essere lasciata sola nella fattoria fino al giorno del *Thanksgiving*[4] mentre tu te ne saresti andato via per un altro viaggio. Così decisi di combinare l'affare io stessa. Pensai di vedere quanto ti sarebbe piaciuto rimaner solo a dirigere la casa. Pensai che sarebbe stato bello per me dimenticare per un po' di tempo tutte le mie faccende, e vivere una mia propria avventura.

Ed ora Andrea, eccoti alcune istruzioni:

1) Non dimenticare di nutrire i polli due volte al giorno, e di raccogliere tutte le uova. C'è un nido dietro la catasta della legna, e alcune delle wyandottes hanno covato sotto la ghiacciaia.

2) Non permettere a Rosie di toccare il servizio di porcellana della nonna, perché lo romperebbe di sicuro, se ci mettesse sopra quelle sue grosse dita svedesi.

3) Non dimenticare di metterti gli indumenti pesanti. Le notti stanno diventando fredde.

4) Mi sono dimenticata di mettere il coperchio alla macchina per cucire. Ti prego di farlo, altrimenti si coprirà di polvere.

5) Non lasciare il gatto girare liberamente per la casa di notte: rompe sempre qualche cosa.

6) Manda le tue calze, e qualunque altra cosa che abbia bisogno di rammendo, alla signora McNally; essa lo farà.

7) Non dimenticare di nutrire i maiali.

8) Non dimenticare di aggiustare la girandola sopra il granaio.

9) Non dimenticare di mandare il barile di mele al mulino da sidro, altrimenti non avrai sidro da offrire quando verrà il signor Decameron a farci visita in autunno.

10) Giusto per fare dieci comandamenti, ne aggiungo uno ancora: potresti telefonare alla signora Collins, che i Dorcas dovranno incontrarsi in casa di qualcun altro la settimana prossima, perché io non so di preciso quando ritornerò? Potrò star via quindici giorni ancora.

Questa è la mia prima vacanza dopo un lungo periodo e ho intenzione di sorbirmela bene prima di inghiottirla.

Il professore, intendo dire il signor Mifflin, è ritornato a Brooklyn per lavorare al suo libro. Mi spiace che tu e lui siate venuti ad una rissa sulla strada, come una coppia di malfattori. È un simpatico ometto, e ti piacerebbe se tu lo conoscessi.

Sto passando la domenica a Bath: domani proseguirò verso Hastings. Ho venduto per cinque dollari di libri, questa mattina, pur essendo domenica.

La tua aff. sorella
ELENA MCGILL

P.S. Non dimenticare di pulire la macchina agricola, dopo averla usata, o si ridurrà in uno stato pietoso.

Dopo aver scritto ad Andrea, pensai di mandare un messaggio al professore. Gli avevo già scritto una lunga lettera mentalmente, ma non so come, quando incominciai a metterla sulla carta, fui colta da uno strano imbarazzo. Non sapevo come incominciare. Pensai come sarebbe stato più divertente se fosse stato lì lui stesso, ed avessi potuto ascoltarlo discorrere. E poi, mentre stavo scrivendo le prime frasi, alcuni dei commessi viaggiatori ritornarono nella stanza.

– Ho pensato che le piacerebbe vedere un giornale della domenica – disse uno di loro.

Presi il giornale con una parola di ringraziamento, e gettai un'occhiata ai titoli. Le brutte lettere nere si rizzarono davanti a me, ed il mio cuore ebbe una violenta contrazione. Mi sentii diventar fredde le punte delle dita.

SPAVENTOSO DISASTRO
SULLA LINEA COSTIERA
UN ESPRESSO CORRE SUL BINARIO LIBERO
DIECI MORTI E PIÙ DI VENTI FERITI
MANCATO FUNZIONAMENTO DEI SEGNALI DI BLOCCO

Le lettere parevano ergersi davanti a me grandi come l'insegna pubblicitaria del « Latte al malto ». Lessi i dettagli rabbrividendo di paura. Apparentemente l'espresso che aveva lasciato Providence alle quattro del pomeriggio del sabato si era scontrato, sulla linea di smistamento, contro una serie di vagoni merci vuoti. Il bagagliaio era stato demolito, e la vettura per fumatori si era rovesciata, precipitando sulla scarpata. Vi erano dieci uomini morti... Mi girò la testa. Era quello il treno che aveva preso il professore? Vediamo: egli aveva lasciato Woodbridge su un treno locale alle tre. Il giorno prima aveva detto che l'espresso partiva da Port Vigor alle cinque... Se aveva cambiato per l'espresso... In una specie di allucinato orrore i miei occhi corsero alla lista dei morti.

Lessi i nomi. Grazie a Dio, Mifflin non era fra quelli. Poi vidi l'ultimo sottotitolo:

UOMO DI MEZZA ETÀ NON IDENTIFICATO

Se fosse stato il professore? Improvvisamente fui presa da una vertigine, e per la prima volta in vita mia svenni.

Grazie al cielo non vi era nessuno nella stanza. I commessi viaggiatori erano usciti, e nessuno mi sentì cadere dalla seggiola. Rinvenni dopo un momento col cuore che mi batteva all'impazzata. Dapprima non compresi bene che cosa non andava. Poi il mio sguardo cadde di nuovo sul giornale. Rilessi febbrilmente il resoconto, ed anche i nomi dei feriti che prima non avevo notato. Non vi era nessun nome che conoscessi. Ma le tragiche parole « uomo di mezza età non identificato » mi danzavano davanti agli occhi. Oh, se fosse stato il professore. Come un'ondata, mi si rivelò la verità. Amavo quell'ometto: lo amavo, lo amavo. Egli aveva portato qualche cosa di nuovo nella mia vita, e i suoi modi bizzarri e coraggiosi avevano infiammato il mio vecchio grasso cuore. Per la prima volta, con una intollerabile stretta d'angoscia, sentii che la mia vita non sarebbe più stata sopportabile senza di lui. Ed ora che cosa dovevo fare?

Come avrei potuto sapere la verità? Certamente, se Mifflin era salito su quel treno, ed era sfuggito sano e salvo al disastro, avrebbe mandato un messaggio alla fattoria Sabina per darmi notizie. Comunque, vi era questa possibilità. Mi precipitai al telefono per chiamare Andrea.

Oh, l'esasperante lentezza delle comunicazioni telefoniche quando si ha premura! La mia voce tremava quando chiesi al telefonista Redfield 158. Palpitando di nervosismo, aspettavo di udire il ben noto rumore del ricevitore all'altro capo del filo, udivo l'impiegato del telefono ricevere la chiamata, ed innestare la spina di comunicazione. Con l'immaginazione vedevo l'apparecchio contro il muro nel vecchio corridoio alla fattoria Sabina. Mi vedevo dinanzi il pezzo d'intonaco macchiato ove Andrea appoggia il gomito, quando parla al telefono, e il posto dove scarabocchia a matita i numeri, che io poi cancello con briciole di pane. Vedevo Andrea uscire dal salotto per rispondere alla chiamata. Ma in quel momento il telefonista disse con noncuranza:

– Non risponde.

Quando uscii dalla cabina telefonica, la mia fronte era bagnata di sudore. Spero di non dover mai più rivivere il terrore dell'ora susseguente. Malgrado la mia spavalderia, e la mia apparenza vigorosa, nei momenti dei guai sono timorosa come una chiocciola.

Ero decisa a nascondere la mia angoscia e ansietà ai bravi clienti dell'albergo Moose. Mi affrettai alla stazione per spedire un telegramma all'indirizzo del professore a Brooklyn, ma la trovai chiusa, un ragazzo mi disse che non si sarebbe aperta fino al pomeriggio.

Da una drogheria chiamai l'ufficio « Informazioni » a Willdon, e finalmente fui messa in comunicazione con un imprenditore funebre al quale mi indirizzò un impiegato di Willdon. Un'orribile voce lamentosa (avete mai parlato al telefono con un imprenditore funebre?) mi rispose che nessuno del nome di Mifflin si trovava tra i morti, ma ammise che vi era un corpo non ancora identificato. Si servì di una parola lugubre che mi fece rabbrividire: *irriconoscibile*. Attaccai il ricevitore.

Per la prima volta conobbi allora l'orrore della

solitudine. Pensai al taccuino del povero ometto. Pensai ai suoi modi coraggiosi ed amabili, al suo patetico berretto di tweed, al bottone mancante della sua giacca, ai rammendi mal fatti sulla sua manica logora.

Mi apparve come un paradiso il poter rotolare stridendo sul Parnaso lungo le vie di campagna, col professore sul sedile accanto a me.

Che cosa sarebbe avvenuto se lo avessi conosciuto prima? Ma da quanto tempo lo conoscevo? Aveva portato lo splendore di un ideale nella mia vita monotona. Ed ora, l'avevo perduto per sempre?

Andrea e la fattoria mi parevano scialbi e lontani. Ero una vecchia donna di casa mortalmente sola e indifesa. Nella mia perplessità, mi diressi verso i dintorni del villaggio, e scoppiai in lacrime.

Finalmente mi ripresi. Non mi vergogno di dire che ora ammettevo francamente ciò che avevo tenuto nascosto a me stessa. Ero innamorata, innamorata di un piccolo venditore di libri dalla barba rossa, che a me pareva più bello di Sir Galahad. E feci il voto che, se lui mi avesse voluta, l'avrei seguito in capo al mondo.

Ritornai indietro all'albergo. Pensai di fare un altro tentativo di telefonare ad Andrea. Tremavo fino in fondo all'anima quando finalmente udii lo scatto del ricevitore.

– Pronto – fece la voce di Andrea.

– Oh, Andrea – dissi io, – sono Elena.

– Dove sei? – (la sua voce era irritata).

– Andrea, c'è lì qualche messaggio del signor Mifflin? Quel disastro di ieri, egli potrebbe essersi trovato su quel treno. Mi sono tanto spaventata; credi che sia stato... ferito?

– Sciocchezze – rispose Andrea, – se vuoi sapere qualcosa di Mifflin, ebbene, è in prigione a Port Vigor.

E poi credo che Andrea rimanesse molto stupito. Incominciai a ridere e a piangere simultaneamente, e nella mia agitazione riattaccai il ricevitore.

13

Il mio primo impulso fu di nascondermi in qualche angolo buio, dove potessi dare libero sfogo ai miei sentimenti senza timore.

Cercai di ricomporre alla meglio il mio viso, prima di uscire dalla cabina telefonica, poi attraversai il vestibolo, e scivolai fuori dalla porta laterale. Trovai la strada della scuderia, dove il buon vecchio Peg stava ruminando nel suo box. Il sottile odore familiare di cavallo e dei finimenti di cuoio lungamente usati mi andò dritto al cuore, e mentre Bock saltellava alle mie ginocchia, appoggiai la testa sul collo di Peg, e piansi. Io credo che il grasso vecchio animale mi comprendesse. Era rotondo e prosaico e di mezza età come me e amava il professore. Improvvisamente le parole di Andrea mi riecheggiarono nella mente. Prima, non vi avevo quasi badato, per la gran gioia e il sollievo, ma adesso mi apparivano in tutto il loro significato. « In prigione! ». Il professore in prigione! Questa era la causa della sua strana scomparsa a Woodbridge. Quel piccolo bruto di Shirley doveva aver telefonato da Redfield, e quando il professore era arrivato alla banca di Woodbridge per incassare l'assegno, lo avevano arrestato. Per questo mi avevano spinta in quel salottino di mogano. Andrea doveva esser stato la causa di tutto questo. Incredibile vecchio sciocco! La faccia mi bruciava di rabbia e umiliazione.

Non avevo mai saputo prima che cosa volesse dire essere veramente infuriata. Mi sentivo prudere il cervello. Il professore in prigione. Quel galante e cavalleresco ometto rinchiuso con dei malandrini, con dei vagabondi, sospettato di essere un truffatore, come se io non avessi saputo badare a me stessa! Che cosa pensavano che fosse, ad ogni modo? Un rapitore di bambini?

All'istante decisi di correre indietro a Port Vigor senza indugio.

Se Andrea aveva fatto arrestare il professore non poteva essere che sotto l'accusa di aver truffato me. Certamente non era per avergli fatto sanguinare il naso sulla strada di Shelby. E se io comparivo a smentire l'accusa, avrebbero dovuto certo mettere Mifflin in libertà.

Credo di aver parlato da sola nel box di Peg – in ogni caso proprio in quel momento comparve lo stalliere, che ebbe l'aria molto meravigliata, quando mi vide, rossa in viso e in evidente eccitazione, parlare col cavallo. Gli chiesi quando vi fosse il prossimo treno per Port Vigor.

– Beh, signora – egli rispose, – dicono che tutti i treni locali sono sospesi finché non sarà sgombrata la linea dopo lo scontro di Willdon. Oggi essendo domenica, penso non vi sarà niente fino a domani mattina.

Mi misi a riflettere. Non era poi tanto lontano Port Vigor. Una vecchia carcassa del garage locale mi ci poteva portare in un paio d'ore al massimo. Ma comunque mi parve più adatto andare al salvataggio del professore col suo Parnaso, anche se ci voleva più tempo per arrivare sul posto. Per dire la verità, mentre ero irritata e umiliata all'idea che il professore fosse in prigione per colpa di Andrea, non potevo far a meno di provare, in fondo a me stessa, un senso di gratitudine. Se si fosse trovato invece nel disastro ferroviario? Il Saggio di Redfield era stato uno strumento della Provvidenza, dopo tutto. Se partivo subito col Parnaso potevo arrivare a Port Vigor – bene, al mattino di lunedì al più tardi.

La buona gente dell'albergo Moose fu sorpresa della fretta con cui sbrigai il mio pasto. Ma non diedi spiegazioni. Lo sa Iddio, la mia testa era piena di altri pensieri, e la salsa di mele avrebbe potuto essere veleno. Si sa, una donna si innamora una volta sola nella vita, e se aspetta fin quasi a quarant'anni, ebbene, allora è presa sul serio.

Come vedete, non ero stata vaccinata contro l'amore da infatuazioni giovanili. Cominciai a fare la governante quando ero ancora una ragazzina, e una governante non ha molte occasioni per essere civettuola. Così ora mi sentivo colpita a fondo. È qui che una donna ritrova se stessa: quand'è innamorata. Non importa se è vecchia o grassa o casalinga o prosaica. Sente quel lieve palpito di cuore e casca giù come una prugna matura. Non mi curavo del fatto che Roger Mifflin ed io fossimo una strana coppia, come quella del vecchio dottor Johnson e sua moglie, sapevo soltanto una cosa: che quando avessi visto di nuovo quel diavoletto rosso, sarei stata completamente sua – se egli mi avesse voluta. È per questo che il vecchio albergo Moose di Bath è sacro per me. È lì che compresi che la vita serbava ancora qualche cosa di nuovo per me, qualche cosa di meglio che cuocere biscotti per Andrea.

Quella domenica era una di quelle giornate miti e dorate che noi della Nuova Inghilterra abbiamo in ottobre. L'anno veramente comincia in marzo, come ben sa ogni agricoltore, e per la fine di settembre o il principio di ottobre la stagione raggiunge il massimo della sua maturità. Vi sono alcuni giorni in cui sembra che il mondo sia come sospeso in un dolce sognante silenzio, come nella completa pienezza del raccolto, prima che giunga il declino. Non trovo le parole (come farebbe Andrea) per descriverlo, ma per anni ho notato questo in ogni autunno. Ricordo che qualche volta, alla fattoria, solevo appoggiarmi per un momento, prima di cena, alla catasta di legna per contemplare quei purpurei tramonti di ottobre. Sentivo il tintinnio acuto del campanello della macchina da scrivere di Andrea, quando egli lavorava nel suo studio. Tentavo di assorbire in me stessa la bellezza e la nostalgia di tutto questo, e poi correvo in casa a tritar le patate.

Peg tirava il Parnaso lungo la strada di ritorno con un allegro rumore. Credo che sapesse che ritornavo dal professore. Bock correva allegramente a fianco del carrozzone. Ed io avevo molto tempo per pensare. In fondo, ero contenta, perché avevo molto da ponderare. Un'avventura che si era iniziata come uno scherzo o un capriccio diventava ora per me l'essenza della vita. Ero fantasiosa, credo, e romantica come una giovane pollastrella, ma, per le ossa di George Eliot, sono spiacente per le donne che non hanno mai avuto l'occasione di essere fantasiose.

Mifflin era in prigione, ahimè, ma avrebbe potuto essere morto e irriconoscibile! Il mio cuore si rifiutava di essere del tutto triste. Ero sul punto di liberare Mifflin dalla sua abbietta prigionia. Pareva che ci fosse una relazione fra la stagione e me stessa, rimuginavo fra me, osservando i gialli arbusti lungo la via che prendevano una tinta bronzea, e si piegavano verso terra. Ecco, mi trovavo nella pienezza della mia femminilità, ma già vicina al mio declino verso l'autunno, e per grazia di Dio avevo trovato il mio uomo, il mio padrone. Mi aveva conquistata con il suo ardore e il suo coraggio. Non mi curavo di quanto potesse accadere ad Andrea, e alla fattoria Sabina, né di qualsiasi altra cosa al mondo. Qui erano il mio focolare e la mia casa, – il Parnaso, o in qualunque posto ove Roger Mifflin avesse piantato la sua tenda. Sognavo di attraversare con lui le porte di Brooklyn, al crepuscolo, osservando i grattacieli eretti contro il cielo ardente. Ero felice di poter vivere in tutta sincerità, dando alle cose il loro vero nome. L'inchiostro è inchiostro, anche se sulla bottiglia c'è scritto: « Liquido commerciale ». Non volevo tentare di ignorare il fatto d'essere innamorata. Anzi, me ne gloriavo. Mentre il Parnaso rotolava lungo la strada, e le foglie scarlatte degli aceri turbinavano dolcemente nell'azzurra aria d'ottobre, composi una specie di canto che intitolai:

INNO PER UNA DONNA DI MEZZA ETÀ (GRASSA)
CHE SI È INNAMORATA

Oh Dio, ti ringrazio di aver mandato questa grande avventura sul mio cammino! Ti sono grata d'avermi tratta fuori dall'arido lido del pulzellaggio, mostrandomi la gioia d'un amore più grande di me stessa. Ti ringrazio di avermi insegnato che mescolare, impastare e cuocere il pane non sono tutto ciò che la vita ha in serbo per me. Anche se lui non mi ama, oh Dio, io sarò sempre sua.

Stavo canticchiando tra me questa nenia, quando, presso Woodbridge, incontrai una grossa automobile lucida ferma sul fianco della strada. Alcune persone, evidentemente di buona classe sociale, sedevano sotto un albero, mentre il loro chauffeur si affaccendava dietro una gomma.

Ero così assorta nei miei pensieri, che credo sarei andata avanti senza prestar loro molta attenzione, ma improvvisamente mi ricordai il « credo » del professore: di predicare il vangelo dei libri, in stagione e fuori stagione. Fosse o no domenica, pensai di poter meglio far onore a Mifflin comportandomi secondo i suoi principi.

Mi trassi su un lato della via. Notai che quelle persone si volgevano l'una verso l'altra, come sorprese, e che bisbigliavano fra loro. C'era un uomo anziano con un viso magro e sciupato, una donna grassa, evidentemente sua moglie, due ragazze e un uomo vestiti da golf.

La faccia dell'uomo più vecchio mi parve vagamente familiare. Mi domandai se fosse qualche amico letterario di Andrea, del quale avessi visto una fotografia.

Bock stava presso una ruota, con la lingua penzolante fra i denti. Esitai un momento, pensando in che modo iniziare il mio attacco, quando il signore attempato domandò:

– Dov'è il professore?

Cominciai a rendermi conto che Mifflin era proprio un'istituzione pubblica.

– Cielo! – esclamai. – Lo conosce anche lei?

– Eh, crederei di sì – quegli rispose. – Non è forse venuto da me la primavera scorsa a parlarmi di un acquisto per biblioteche scolastiche? e non se n'è andato finché non gli ho promesso di fare quello che desiderava! Si fermò a pernottare da noi, e parlammo di letteratura fino alle quattro del mattino. Dov'è ora? È lei che ha in consegna il Parnaso?

– In questo momento – dissi, – il signor Mifflin è in prigione a Port Vigor.

Le signore diedero delle grida di stupore, e il signore stesso (stimai che fosse un ispettore scolastico o qualche cosa del genere) non parve meno sorpreso.

– In prigione! – esclamò, – ma perché mai? Ha forse stordito qualcuno con un colpo, per leggergli Nick Carter e Bertha M. Clay? Questo è l'unico delitto del quale potrebbe essere colpevole.

– È accusato di avermi estorto quattrocento dollari – dissi io, – e mio fratello l'ha fatto arrestare. Ma in realtà non sarebbe capace di rubare ad una gallina l'uovo appena deposto. Ho comperato il Parnaso di mia libera volontà. Sono ora in cammino per Port Vigor, per rimettere in libertà il professore. Poi gli chiederò di sposarmi, se vorrà. E questo non è nemmeno un anno bisestile.

Egli mi guardò: il suo viso scarno e rugoso aveva un'espressione amichevole. Era un uomo dall'aspetto fine, piccolo, coi capelli grigi spazzolati all'indietro sulla fronte alta e bruna. Notai il suo vestito scuro ed elegante, e il colletto immacolato. Era evidentemente un uomo di classe.

– Bene, signora, qualunque persona amica del professore è amica nostra – (sua moglie e le ragazze assentirono). – Se vuole un passaggio sulla nostra automobile per affrettare il suo viaggio, sono sicuro che Bob guiderebbe con piacere il Parnaso fino a Port Vigor. La nostra gomma sarà presto riparata.

Il giovanotto acconsentì di cuore, ma, come ho già detto, mi sentivo l'obbligo di ricondurre indietro io stessa il Parnaso. Pensavo che la vista della sua libreria viaggiante, sarebbe stato il miglior balsamo atto a confortare Mifflin della sua triste esperienza.

Così rifiutai l'offerta, e spiegai meglio la situazione.

– Bene – rispose quel signore, – allora mi permetta d'aiutarla come posso –. Prese un biglietto da visita dal suo portafoglio, e vi scarabocchiò sopra qualche cosa. – Quando arriverà a Port Vigor – disse, – mostri questo all'entrata della prigione, e credo non avrà nessuna noia. Per caso, sono conosciuto lì.

Così, dopo una stretta di mano a tutti, io proseguii molto riconfortata da quell'amichevole incontro. Non fu che dopo aver percorso ancora un po' di strada, che mi ricordai di guardare il biglietto che quel signore mi aveva dato.

Allora compresi perché la faccia di quell'uomo mi era parsa familiare: sul biglietto stava scritto semplicemente:

RALEIGH STONE STAFFORD
PALAZZO GOVERNATIVO

DARLINGTON

Era il governatore dello Stato!

14

Non potei fare a meno di sorridere di compiacenza allorché il Parnaso arrivò sulla cima della collina, e rividi il fiume in distanza. Come era diverso tutto questo dalle romanzesche visioni della mia fanciullezza! Questa è stata la caratteristica di tutta la mia vita: essere piena di avvenimenti domestici e banali, e spesso piuttosto comici, a dispetto dei miei propositi di essere accigliata e seria. Comunque quasi piangevo mentre pensavo al tragico disastro di Willdon, e ai cuori angosciati che piangevano nel loro lutto. Mi domandai se il governatore stesse ritornando da Willdon dopo avervi ordinato un'inchiesta. Sul suo biglietto era scritto:

« Prego di rilasciare subito R. Mifflin, e di usare ogni cortesia a questa signora ».

Così, non prevedevo nessuna speciale seccatura. Questo mi rendeva ancor più ansiosa di proseguire, e, dopo aver traghettato il fiume, ci fermammo a Woodbridge soltanto il tempo di cenare. Passai davanti alla banca dove avevo aspettato in anticamera, e mi sarebbe piaciuto aver l'occasione di fermarmi a frustare quel serpente di piccolo cassiere. Mi domandai come avessero trasportato il professore a Port Vigor, e trovai quasi comico il fatto che proprio in quel sabato il professore avrebbe voluto condurre i malandrini in quella stessa prigione. Non dubitai che il suo spirito filosofico si fosse adattato anche a questo.

Woodbridge appariva morta, come qualunque altra borgata in una sera di domenica. Nel piccolo albergo ove cenai, non vi era altro argomento di conversazione all'infuori del disastro ferroviario. Ma, quando pagai il conto, il proprietario notò il Parnaso nel cortile.

– È questo il furgone che quel venditore ambulante le ha venduto, non è vero? – domandò sbirciandomi di sottecchi.

– Sì – risposi brevemente.

– Sarà ritornata per denunciare quell'uomo, scommetto – insinuò. – Le dico che quell'individuo è un demonio, creda a me. Quando lo sceriffo tentò di mettergli le manette, lo colpì all'occhio con un pugno, e quasi gli spezzò la mascella. Quello straccione di un nano!

Il mio coraggioso piccolo lottatore, pensai, ed arrossii, fiera di lui.

La strada di ritorno per Port Vigor sembrava interminabile. Ero un po' nervosa, ricordando i malandrini della cava dei Pratt, ma con Bock seduto vicino a me, giudicai che fosse una vigliaccheria sentirmi allarmata.

Avanzavamo scricchiolando nel buio, fra ali di

scuri pini; una striscia di chiarore stellare correva come un nastro sopra di noi, e sulle ondulate dune che si specchiavano nell'acqua. C'era anche la luna, ma io mi sentivo moralmente stanca e sola, desideravo unicamente di vedere il mio piccolo Barbarossa. Peg pure era stanco, e avanzava faticosamente.

Doveva essere quasi mezzanotte, quando vedemmo le luci rosse e verdi dei segnali ferroviari, e seppi così che Port Vigor era vicino. Decisi di sostare dove mi trovavo. Guidai Peg in un campo vicino alla strada, l'attaccai ad uno steccato, e presi il cane con me nel carrozzone. Ero troppo stanca per svestirmi. Mi lasciai cadere sulla cuccetta e mi coprii. Mentre facevo questo, qualche cosa cadde a terra dietro alla cuccetta con un colpo secco. Era una pipa di schiuma dimenticata dal professore annerita e fuligginosa. La misi sotto il mio guanciale, e mi addormentai.

Lunedì, sette ottobre. Se questo fosse il romanzo di qualche affascinante e snella fanciulla dagli occhi viola, come dovrei descrivere diversamente i sentimenti con i quali mi svegliai la mattina seguente! Ma queste, sono soltanto poche pagine della vita di una grossa donna di casa della Nuova Inghilterra, e devo essere sincera. Mi destai sentendomi triste e malcontenta. La giornata era grigia e fredda: leggere strisce di nebbia salivano dal Sound, e si udiva nell'aria il desolato grido dei gabbiani. Ero infelice, sconvolta, e, sì, intimidita. Ardevo dal desiderio di correre dal professore, di prenderlo fra le mie braccia, di stare sola con lui nel Parnaso, mentre questo procedeva cigolando per una soleggiata strada di campagna. Mi tornavano in mente le sue parole. Io non ero niente per lui. Che cosa avrei fatto se egli, dopo tutto, non mi amava? Camminai attraverso due campi, fin giù alla riva, dove piccole onde battevano contro la ghiaia. Mi lavai il viso e le mani nell'acqua salata. Poi ritornai al Parnaso, e mi sciolsi un po' di latte condensato nel caffè. Diedi a Peg e a Bock la loro colazione. Poi attaccai Peg al furgone, e mi sentii meglio. Mentre mi dirigevo verso la città, dovetti aspettare al passaggio a livello il transito di un rombante treno nel suo viaggio di ritorno da Willdon. Questo significava che la linea era stata sgombrata. Osservai gli uomini sudici sui vagoni, e rabbrividii al pensiero di ciò che avevano dovuto fare.

La prigione della contea di Vigor è un miglio circa fuori di città: delle brutte baracche grigie, circondate da un alto muro, irto di chiodi. Ero contenta che fosse ancora mattino presto, e passai per le strade senza vedere nessuno di conoscenza. Finalmente arrivai al cancello della prigione. Qui una specie di custode mi sbarrò la via.

– Non può entrare, signora – disse, – era ieri il giorno di visita. Non più visitatori fino al mese venturo.

– Io *devo* entrare – obiettai, – c'è un uomo qui dentro arrestato sotto falsa accusa.

– Così dicono tutti – replicò quegli con calma, e sputò in mezzo alla strada; – nessuno dei nostri clienti avrebbe il diritto di star qui, se si ascoltassero le chiacchiere dei loro amici.

Mostrai il biglietto del governatore Stafford. Ne fu piuttosto impressionato, e si ritirò in una garitta nel muro, per telefonare, suppongo. Ritornò subito.

– Lo sceriffo dice che vuol vederla, signora. Ma dovrà lasciar qui quella specie di cambusa di dinamite.

Aprì una porticina nell'immenso cancello di ferro, e mi indirizzò ad un altro uomo nell'interno.

– Conduca questa signora qui dallo sceriffo.

Alcuni prigionieri della contea di Vigor devono aver imparato ad essere degli abili giardinieri, perché realmente i terreni erano ben tenuti. L'erba era verde e accuratamente falciata; vi erano le solite aiuole di fiori di brutta forma; in distanza vidi una squadra di uomini in tute rigate, che riparavano una strada.

La mia guida mi condusse ad un attraente cottage, di fianco alla costruzione principale. Vi erano due bambini che giocavano lì fuori, e ricordo di aver pensato che quello era uno strano posto per allevare delle giovani creature, fra le mura di una prigione. Ma avevo altro a cui pensare. Guardai lo scuro, grigio fabbricato. Dietro una di quelle finestre a inferriata c'era il professore. Avrei dovuto essere irritata con Andrea, ma tutto mi pareva una specie di sogno.

Poi fui condotta nell'ingresso del cottage dello sceriffo, e dopo un minuto stavo parlando con un grosso uomo dal collo taurino, e dai baffi pretenziosi.

– Lei ha qui un prigioniero di nome Mifflin? – chiesi.

– Mia cara signora, non so a memoria la lista di tutti i nostri pigionali. Se vuol venire in ufficio, guarderemo i registri.

Gli mostrai il biglietto del governatore. Lo prese, stette a guardarlo come se si aspettasse di vedere il messaggio scrittovi sopra cambiare o svanire. Camminammo attraverso una striscia di prato fino al fabbricato delle prigioni. Là, in un grande ufficio nudo, scorse uno schedario.

– Eccoci – disse, – Roger Mifflin; età quarantuno; viso ovale; carnagione florida; capelli rossi, ma non molti; statura, 64 pollici; peso, svestito, 70; segni particolari...

– Non importa – interruppi. – Questo è l'uomo. Perché è qui?

– È trattenuto qui per mancanza di garanzia, con processo sospeso. L'accusa è tentativo di estorsione ai danni di una Elena McGill, nubile, età...

– Sciocchezze! – esclamai. – Io sono Elena McGill, e l'uomo non ha tentato di truffarmi.

– L'accusa è stata inoltrata e la garanzia richiesta da suo fratello, Andrea McGill, che agisce in sua difesa.

– Io non ho autorizzato Andrea ad agire in mia difesa.

– Allora, ritira la denuncia?

– Certamente – risposi. – Avrei una forte intenzione di inoltrare una contro-denuncia contro Andrea, e di fare arrestare *lui*.

– Tutto ciò è molto irregolare – disse lo sceriffo,

– ma se il prigioniero è conosciuto dal governatore, suppongo che non vi siano alternative. Non posso annullare la garanzia senza qualche riconoscimento. Secondo le leggi di questo Stato, il più prossimo parente deve garantire della buona condotta del prigioniero dopo il rilascio. Non vi è un parente prossimo...

– Certo che c'è – esclamai, – io sono la più prossima parente del prigioniero!

– Che cosa intende dire? In che parentela è con questo Roger Mifflin?

– Intendo sposarlo non appena riesca a farlo uscire di qui.

Lo sceriffo scoppiò in una gran risata: – Scommetto che non c'è niente che possa fermarla – disse. Appuntò con uno spillo il biglietto del governatore su una carta azzurra presa sul suo banco, ed incominciò a riempire degli spazi vuoti.

– Bene, signorina McGill – continuò, – non mi porti via più di uno dei miei prigionieri, altrimenti perdo il mio impiego. Il custode la condurrà su alla cella. Sono estremamente spiacente: lei può vedere che l'errore non è stato fatto per colpa nostra. Lo dica al governatore, quando lo vedrà.

Seguii l'inserviente su per due rampe di scale di pietra; e poi per un lungo corridoio intonacato di bianco. Era un posto orrendo: file e file di pesanti porte, con piccole finestre sbarrate. Notai che ogni porta aveva una chiusura combinata, come una cassaforte.

Mi tremavano le ginocchia, ma non era così emozionante come mi sarei aspettata. Il carceriere si fermò alla fine di un lungo corridoio; girò il chiavistello cigolante, mentre io aspettavo terrorizzata. Temevo di vedere il professore con la testa rasata (non c'era molto da radere sulla sua testa, povero agnello!) e vestito di tela a righe, con una catena alla caviglia.

La porta si aprì pesantemente. Vidi una celletta angusta, ma pulita, con un basso letto da campo, e, sotto la finestra a sbarre, un tavolo ingombro di fogli di carta: il professore, nei suoi abiti, scriveva alacremente, voltandomi le spalle. Forse egli pensò che si trattasse dell'inserviente coi cibi, o forse non udì neppure l'interruzione. Sentivo la sua penna scorrere rapida. Avrei dovuto sapere che non ci si potevano aspettare atteggiamenti eroici da quell'uomo. Del resto, c'era da credere che si sarebbe adattato a quella situazione!

– Sogliola al limone, ed un bicchiere di sherry, per favore, Giacomo – disse il professore senza voltarsi, e il guardiano, che evidentemente aveva scherzato con lui anche altre volte, scoppiò in una risata.

– C'è una signora che desidera vedere Vostra Signoria – disse.

Il professore si voltò. La sua faccia impallidì. Per la prima volta, da quando lo conoscevo, mi parve che le parole gli mancassero.

– Signorina, signorina McGill – balbettò. – Lei è il buon Samaritano. Vede, sto facendo il John Bunyan. Scrivere in prigione. Ho finalmente incominciato il mio libro; e ho trovato che gli individui qui dentro non conoscono niente di letteratura. Non c'è neppure una biblioteca in questo luogo.

In fede mia, non potevo certo esprimere la tenerezza del mio cuore, con quel gorilla del carceriere dietro di me. Comunque, ci avviammo giù per le scale, dopo che il professore ebbe raccolti i fogli del suo manoscritto. Questo aveva già raggiunto proporzioni formidabili, poiché egli aveva scritto cinquanta pagine nelle trentasei ore in cui era stato in prigione. Nell'ufficio dovemmo firmare alcune carte.

Lo sceriffo fece mille scuse a Mifflin, e gli offrì di ricondurlo in città nella sua automobile, ma io spiegai che il Parnaso ci aspettava al cancello. Gli occhi del professore, nel sentire queste parole, si illuminarono. Ma dovetti trascinarlo via, perché stava entrando nell'argomento di aprire una biblioteca di buoni libri nelle prigioni.

Lo sceriffo ci accompagnò al cancello, e ci strinse di nuovo la mano.

Peg scalpitò quando ci avvicinammo a lui, ed il professore accarezzò il suo muso morbido. Bock tentò di strappare la sua catena in una frenesia di gioia. Finalmente eravamo soli.

15

Non seppi mai come accadde. Invece di ritornare verso Port Vigor, svoltammo in una strada laterale che conduceva sulla collina, attraverso la brughiera, dove l'aria giungeva fresca e dolce dal mare. Il professore sedeva silenzioso, guardandosi intorno. C'era sulla collina un bosco di betulle, e la luce del sole scherzava sui loro tronchi di raso.

– È bello essere di nuovo fuori – disse Mifflin con calma. – Il Saggio non deve essere un amante così appassionato dell'aria libera, come i suoi libri vorrebbero indicare, altrimenti non sarebbe stato così pronto a rinchiudere un uomo in carcere. Forse gli devo un altro pugno sul naso, per questo...

– Oh, Roger! – dissi, e temo che la mia voce tremasse, – *sono tanto, tanto spiacente.*

Non ero molto eloquente, non è vero? E poi, non so come, il suo braccio fu intorno a me.

– Elena – disse, – vuoi sposarmi? Non sono ricco, ma ho risparmiato abbastanza per vivere a Brooklyn, e scriverò il libro. Viaggeremo con Peg a predicare l'amore per i libri, e l'amore per gli esseri umani. Tu sei proprio quella che ci vuole per me, Dio ti benedica; vuoi venire con me, e fare di me il più felice venditore di libri del mondo?

Peg dev'essere stato stupito per la lunghezza del tempo che ebbe per brucare l'erba indisturbato. So che Roger ed io sedevamo incuranti del tempo; e quando egli mi disse che fin dal primo pomeriggio passato insieme, aveva deciso di farmi sua, presto o tardi, fui la donna più fiera di tutta la Nuova Inghilterra.

Raccontai a Roger dello spaventoso disastro, e della mia angosciosa paura. Penso che fosse stato il disastro a farci sentire ambedue inclini a perdonare Andrea.

Facemmo una leggera colazione sulle dune sopra il Sound, e, prendendo una scorciatoia sulla cima della collina, sbucammo sulla strada di Shelby, senza ritornare di nuovo a Port Vigor. Peg ci trascinò verso Greenbriar, e noi chiacchieravamo strada facendo.

Forse il meglio di tutto questo fu uno scroscio di pioggia che cadde sopra di noi durante la strada sulla collina. Il professore – come continuo a chiamarlo per forza d'abitudine – riparò la facciata del carrozzone con una coperta impermeabile. Bock saltò su, e si raggomitolò fra le gambe del suo padrone. Roger tirò fuori la sua pipa, ed io sedetti vicina a lui. Nella crescente oscurità, procedevamo faticosamente, terzetto felice – o piuttosto un quartetto, se includete il vecchio grasso allegro Peg – il più felice terzetto di questo pianeta.

L'estate era passata, e non eravamo più giovani, ma c'erano grandi cose davanti a noi. Ascoltavo il picchettio della pioggia, e l'incessante cigolio del Parnaso sui suoi assi. Pensavo alla mia « antologia » di filoni di pane, e feci voto di cuocerne un milione di più, qualora Roger lo desiderasse.

Fu dopo l'ora di cena che arrivammo a Greenbriar. Roger aveva suggerito di prendere una via più corta, che ci avrebbe portato più presto a Redfield, ma io lo pregai di fare ancora la strada di Shelby, e di Greenbriar, come avevamo fatto prima. Non gli dissi perché desideravo questo, e quando finalmente ci fermammo davanti al negozio di Kirby al crocicchio, pioveva a dirotto, ed eravamo pronti per riposare.

– Bene, tesoro – disse Roger, – vogliamo andare a vedere che specie di camere ha quest'albergo?

– Penso a qualche cosa di meglio – risposi. – Andiamo dal signor Kane, e sposiamoci. Dopo possiamo andare alla fattoria Sabina, e fare una sorpresa a Andrea.

Devono essere state le dieci quando passammo per il cancello rosso della fattoria Sabina. La pioggia era cessata, ma le ruote si impantanavano nel fango e nell'acqua ad ogni giro. La luce era accesa nel salotto, e, attraverso la finestra, vidi Andrea chino sul tavolo da lavoro. Saltammo fuori indolenziti e irrigiditi per il lungo viaggio. Vidi la faccia di Roger in un comico atteggiamento di gravità, misto ad umorismo.

– Ebbene, eccoci qua a fare una sorpresa al Saggio! – bisbigliò.

Ci facemmo strada fra le pozzanghere, e bussammo alla porta. Apparve Andrea con la lampada in mano. Quando ci vide, grugnì.

– Mi permetto di presentarle mia moglie – disse Roger.

– Al diavolo! – fece Andrea.

Ma Andrea non è proprio così nero come l'ho dipinto. Una volta convinto di aver avuto torto, è ansioso, in modo quasi commovente, di rimediare. Mi ricordo di una sola osservazione, nel discorso seguente, perché ero così atterrita dallo stato in cui era ridotta la fattoria Sabina, che mi misi immediatamente a riassettare la casa. I due uomini però, appena il Parnaso fu ricoverato nella rimessa, e gli animali messi al coperto, si sedettero vicino alla stufa per parlare di tante cose.

– Ti dirò – fece Andrea, – fa' ciò che vuoi di tua moglie, è troppo per me. Ma mi piacerebbe comprare quel Parnaso.

– Ah, questo poi mai! – rispose il professore.

Note

[1] Gioco di parole, equivocando sulla pronunzia di *Traubels* affine a quella di *troubles* = crucci.

[2] *Yeast is yeast and West is West*: gioco di assonanza intraducibile (N.d.T.).

[3] Gioco di parole intraducibile. *Grim* significa in inglese « arcigno » (N.d.T.).

[4] Particolare festività americana che cade generalmente nell'ultimo mercoledì di novembre, dedicata a preghiera di ringraziamento a Dio.

Indice

Questo volume è stato stampato
su carta Palatina
delle Cartiere di Fabriano
nel mese di aprile 2017

Stampa: Officine Grafiche soc. coop., Palermo

Legatura: LE.I.MA. s.r.l., Palermo

La memoria

1 Leonardo Sciascia. Dalle parti degli infedeli
2 Robert L. Stevenson. Il diamante del Rajà
3 Lidia Storoni Mazzolani. Il ragionamento del principe di Biscari a Madama N.N.
4 Anatole France. Il procuratore della Giudea
5 Voltaire. Memorie
6 Ivàn Turghèniev. Lo spadaccino
7 Il romanzo della volpe
8 Alberto Moravia. Cosma e i briganti
9 Napoleone Bonaparte. Clisson ed Eugénie
10 Leonardo Sciascia. Atti relativi alla morte di Raymond Roussel
11 Daniel Defoe. La vera storia di Jonathan Wild
12 Joseph S. Le Fanu. Carmilla
13 Héctor Bianciotti. La ricerca del giardino
14 Le avventure di Giuseppe Pignata fuggito dalle carceri dell'Inquisizione di Roma
15 Edmondo De Amicis. Il "Re delle bambole"
16 John M. Synge. Le isole Aran
17 Jean Giraudoux. Susanna e il Pacifico
18 Augusto Monterroso. La pecora nera e altre favole
19 André Gide. Il viaggio d'Urien
20 Madame de La Fayette. L'amor geloso
21 Rex Stout. Due rampe per l'abisso
22 Fiòdor Dostojevskij. Il villaggio di Stepàncikovo
23 Gesualdo Bufalino. Diceria dell'untore
24 Laurence Sterne. Per Eliza
25 Wolfgang Goethe. Incomincia la novella storia
26 Arrigo Boito. Il pugno chiuso
27 Alessandro Manzoni. Storia della Colonna Infame
28 Max Aub. Delitti esemplari
29 Irene Brin. Usi e costumi 1920-1940
30 Maria Messina. Casa paterna
31 Nikolàj Gògol. Il Vij
32 Andrzej Kuśniewicz. Il Re delle due Sicilie
33 Francisco Vásquez. La veridica istoria di Lope de Aguirre
34 Neera. L'indomani
35 Sofia Guglielmina margravia di Bareith. Il rosso e il rosa
36 Giuseppe Vannicola. Il veleno
37 Marco Ramperti. L'alfabeto delle stelle
38 Massimo Bontempelli. La scacchiera davanti allo specchio
39 Leonardo Sciascia. Kermesse
40 Gesualdo Bufalino. Museo d'ombre
41 Max Beerbohm. Storie fantastiche per uomini stanchi
42 Anonimo ateniese. La democrazia come violenza

43 Michele Amari. Racconto popolare del Vespro siciliano
44 Vernon Lee. Possessioni
45 Teresa d'Avila. Libro delle relazioni e delle grazie
46 Annie Messina (Gamîla Ghâli). Il mirto e la rosa
47 Narciso Feliciano Pelosini. Maestro Domenico
48 Sebastiano Addamo. Le abitudini e l'assenza
49 Crébillon fils. La notte e il momento
50 Alfredo Panzini. Grammatica italiana
51 Maria Messina. La casa nel vicolo
52 Lidia Storoni Mazzolani. Una moglie
53 Martín Luis Guzmán. ¡Que Viva Villa!
54 Joseph-Arthur de Gobineau. Mademoiselle Irnois
55 Henry James. Il patto col fantasma
56 Leonardo Sciascia. La sentenza memorabile
57 Cesare Greppi. I testimoni
58 Giovanni Verga. Le storie del castello di Trezza
59 Henryk Sienkiewicz. Quo vadis?
60 Benedetto Croce. Isabella di Morra e Diego Sandoval de Castro
61 Diodoro Siculo. La rivolta degli schiavi in Sicilia
62 George Meredith. La vicenda del generale Ople e di Lady Camper
63 Bernardino de Sahagún. Storia indiana della conquista di Messico
64 Andrzej Kuśniewicz. Lezione di lingua morta
65 Maria Luisa Aguirre D'Amico. Paesi lontani
66 Giuseppe Antonio Borgese. Le belle
67 Luisa Adorno. L'ultima provincia
68 Charles e Mary Lamb. Cinque racconti da Shakespeare
69 Prosper Mérimée. Lokis
70 Charles-Louis de Montesquieu. Storia vera
71 Antonio Tabucchi. Donna di Porto Pim
72 Luciano Canfora. Storie di oligarchi
73 Giani Stuparich. Donne nella vita di Stefano Premuda
74 Wladislaw Terlecki. In fondo alla strada
75 Antonio Fogazzaro. Eden Anto
76 Anonimo. Storia del bellissimo Giuseppe e della sua sposa Aseneth
77 Vanni e Gian Mario Beltrami. Una breve illusione
78 Giorgio Pecorini. Il milite noto
79 Giuseppe Bonaviri. L'incominciamento
80 Leonardo Sciascia. L'affaire Moro
81 Ivàn Turghèniev. Primo amore
82 Nikolàj Leskòv. L'artista del toupet
83 Aleksàndr Puškin. La solitaria casetta sull'isola di Vasilij
84 Michaìl Čulkòv. La cuoca avvenente
85 Anita Loos. I signori preferiscono le bionde
86 Anita Loos. Ma... i signori sposano le brune
87 Angelo Morino. La donna marina
88 Guglielmo Negri. Il risveglio
89 Héctor Bianciotti. L'amore non è amato
90 Joris-Karl Huysmans. Il pensionato signor Bougran
91 André Chénier. Gli altari della paura
92 Luciano Canfora. Il comunista senza partito
93 Antonio Tabucchi. Notturno indiano
94 Jules Verne. L'eterno Adamo

95 Manuel Vázquez Montalbán. Assassinio al Comitato Centrale
96 Julian Stryjkowski. Il sogno di Asril
97 Manuel Puig. Agonia di un decennio, New York '78
98 Victor Zaslavsky. Il dottor Petrov parapsicologo
99 Gesualdo Bufalino. Argo il cieco ovvero I sogni della memoria
100 Leonardo Sciascia. Cronachette
101 Enea Silvio Piccolomini. Storia di due amanti
102 Angelo Rinaldi. L'ultima festa dell'Empire
103 Luisa Adorno. Le dorate stanze
104 James M. Cain. Il bambino nella ghiacciaia
105 Enrico Job. La Palazzina di villeggiatura
106 Antonio Castelli. Passi a piedi passi a memoria
107 Wilkie Collins. Tre storie in giallo
108 Friedrich Glauser. Il grafico della febbre
109 Friedrich Glauser. Il tè delle tre vecchie signore
110 Mary Lavin. Eterna
111 Aldo Alberti. La Rotonda dei Massalongo
112 Senofonte. Le Tavole di Licurgo
113 Leonardo Sciascia. Per un ritratto dello scrittore da giovane
114 Mario Soldati. 24 ore in uno studio cinematografico
115 Denis Diderot. L'uccello bianco. Racconto blu
116 Joseph-Arthur de Gobineau. Adelaide
117 Jurij Tynjanov. Il sottotenente Summenzionato
118 Boris Hazanov. L'ora del re
119 Anatolij Mariengof. I cinici
120 I. Grekova. Parrucchiere per signora
121 Corrado Alvaro. L'Italia rinunzia?
122 Gian Gaspare Napolitano. In guerra con gli scozzesi
123 Giuseppe Antonio Borgese. La città sconosciuta
124 Antonio Aniante. La rosa di zolfo
125 Maria Luisa Aguirre D'Amico. Come si può
126 Sergio Atzeni. Apologo del giudice bandito
127 Domenico Campana. La stanza dello scirocco
128 Aldo Alberti. La Lega delle Dame per il trasferimento del Papato nelle Americhe
129 Friedrich Glauser. Il sergente Studer
130 Matthew Phipps Shiel. Il principe Zaleski
131 Ben Hecht. Delitto senza passione
132 Fernand Crommelynck. La martingala rovesciata
133 Rosa Chacel. Relazione di un architetto
134 Walter De la Mare. L'artigiano ideale
135 Ludwig Achim von Arnim. Passioni olandesi
136 Rudyard Kipling. L'uomo che volle essere Re
137 Senofonte. La tirannide
138 Plutarco. Sertorio
139 Cicerone. La repubblica luminosa
140 Luciano Canfora. La biblioteca scomparsa
141 Etiemble. Tre donne di razza
142 Marco Momigliano. Autobiografia di un Rabbino italiano
143 Irene Brin. Dizionario del successo dell'insuccesso e dei luoghi comuni
144 Giovanni Ruffini. Il dottor Antonio
145 Aleksej Tolstoj. Il conte di Cagliostro
146 Mary Lamb. La scuola della signora Leicester

147 Luigi Capuana. Tortura
148 Ljudmila Shtern. I Dodici Collegi
149 Diario di Esterina
150 Madame de Vandeul. Diderot, mio padre
151 Ortensia Mancini. I piaceri della stupidità
152 Maria Mancini. I dispiaceri del Cardinale
153 Francesco Algarotti. Saggio sopra l'Imperio degl'Incas
154 Alessandro Manzoni. Quell'innominato
155 Jerre Mangione. Ricerca nella notte
156 Friedrich Glauser. Krock & Co.
157 Cami. Le avventure di Lufock Holmes
158 Ivan Gončarov. La malattia malvagia
159 Fausto Pirandello. Piccole impertinenze
160 Vincenzo Consolo. Retablo
161 Piero Calamandrei. La burla di Primavera con altre fiabe, e prose sparse
162 Antonio Tabucchi. I volatili del Beato Angelico
163 Fazil' Iskander. La costellazione del caprotoro
164 Ramón Gómez de la Serna. Le Tre Grazie
165 Corrado Alvaro. La signora dell'isola
166 Nadežda Durova. Memorie del cavalier-pulzella
167 Boris Jampol'skij. La grande epoca
168 Vito Piazza. La valigia sotto il letto
169 Eustachy Rylski. Una provincia sulla Vistola
170 Jerzy Andrzejewski. Le porte del paradiso
171 Madame de Caylus. Souvenirs
172 Principessa Palatina. Lettere
173 Friedrich Glauser. Il Cinese
174 Friedrich Glauser. Il regno di Matto
175 Gianfranco Dioguardi. Ange Goudar contro l'Ancien régime
176 Palmiro Togliatti. Il memoriale di Yalta
177 Mohandas Karamchand Gandhi. Tempio di Verità
178 Seneca. La vita felice
179 John Fante. Una moglie per Dino Rossi
180 Antifonte. La Verità
181 Evgenij Zamjatin. Il destino di un eretico
182 Gaetano Volpi. Del furore d'aver libri
183 Domostroj ovvero La felicità domestica
184 Luigi Capuana. C'era una volta...
185 Roberto Romani. La soffitta del Trianon
186 Athos Bigongiali. Una città proletaria
187 Antoine Rivarol. Piccolo dizionario dei grandi uomini della Rivoluzione
188 Ling Shuhua. Dopo la festa
189 Plutarco. Il simposio dei sette sapienti
190 Plutarco. Anziani e politica
191 Giuseppe Scaraffia. Il mantello di Casanova
192 Enrico Deaglio. Cinque storie quasi vere
193 Aleksandr Bogdanov. La stella rossa
194 Eáca de Queiroz-Ramalho Ortigão. Il mistero della strada di Sintra
195 Carlo Panella. Il verbale
196 Severino Cesari. Storie per quattro giornate
197 Charlotte Robespierre. Memorie sui miei fratelli
198 Fazil' Iskander. Oh, Marat!

199 Friedrich Glauser. I primi casi del sergente Studer
200
201 Adalbert Stifter. Pietra calcarea
202 Carlo Collodi. I ragazzi grandi
203 Valery Larbaud. Sotto la protezione di san Girolamo
204 Madame de Duras. Il segreto
205 Jurij Tomin. Magie a Leningrado
206 Enrico Morovich. I giganti marini
207 Edmondo De Amicis. Carmela
208 Luisa Adorno. Arco di luminara
209 Michele Perriera. A presto
210 Geoffrey Holiday Hall. La fine è nota
211 Teresa d'Avila. Meditazioni sul Cantico dei Cantici
212 Mary MacCarthy. Un'infanzia ottocento
213 Giuseppe Tornatore. Nuovo Cinema Paradiso
214 Adriano Sofri. Memoria
215 Carlo Lucarelli. Carta bianca
216 Ameng di Wu. La manica tagliata
217 Athos Bigangioli. Avvertimenti contro il mal di terra
218 Elvira Mancuso. Vecchia storia... inverosimile
219 Eduardo Rebulla. Carte celesti
220 Francesco Berti Arnoaldi. Viaggio con l'amico
221 Julien Benda. L'ordinazione
222 Voltaire. L'America
223 Saga di Eirik il rosso
224 Cristoforo Colombo. Lettere ai reali di Spagna
225 Bernardino de Sahagún. I colloqui dei Dodici
226 Sergio Atzeni. Il figlio di Bakunìn
227 Giuseppe Gangale. Revival
228 Alfredo Panzini. La cagna nera
229 Giovanni Boccaccio, Francesco Petrarca. Griselda
230 Adriano Sofri. L'ombra di Moro
231 Diego Novelli. Una vita sospesa
232 Ousmane Sembène. La Nera di...
233 Eugenio Battisti. Il ricordo d'un canto che non sento
234 Wilkie Collins. Il truffatore truffato
235 Carlo Lucarelli. L'estate torbida
236 Michail Kuzmin. La prodigiosa vita di Giuseppe Balsamo, conte di Cagliostro
237 Nelida Milani. Una valigia di cartone
238 David Herbert Lawrence. La volpe
239 Ghassan Kanafani. Uomini sotto il sole
240 Valentino Bompiani. La conchiglia all'orecchio
241 Franco Vegliani. Storie di animali
242 Irene Brin. Le visite
243 Jorge de Sena. La finestra d'angolo
244 Sergio Pitol. Valzer di Mefisto
245 Cesare De Marchi. Il bacio della maestra
246 Salvatore Nicosia. Il segno e la memoria
247 Ramón Pané. Relazione sulle antichità degli indiani
248 Gonzalo Fernández de Oviedo. Sommario della storia naturale delle Indie
249 Pero Vaz de Caminha. Lettera sulla scoperta del Brasile
250 Felipe Guamán Poma de Ayala. Conquista del Regno del Perù

251 Gabriel-François Coyer. Come il prospero Chinki s'immiserì per la ricchezza della nazione
252 David Hume. Il caso di Margaret, detta Peg, unica sorella legittima di John Bull
253 José Bianco. Ombre
254 Marcel Thiry. Distanze
255 Geoffrey Holiday Hall. Qualcuno alla porta
256 Eduardo Rebulla. Linea di terra
257 Igor Man. Gli ultimi cinque minuti
258 Enrico Deaglio. Il figlio della professoressa Colomba
259 Jean Rhys. Smile please
260 Pierre Drieu la Rochelle. Diario di un uomo tradito
261 J. E. Austen-Leigh. Ricordo di Jane Austen
262 Caroline Commanville. Anche mio zio Gustave Flaubert era un letterato
263 Christopher Morley. Il Parnaso ambulante
264 Christopher Morley. La libreria stregata
265 Madame de Grafigny. Lettere di una peruviana
266 Roger de Bussy-Rabutin. Storia amorosa delle Gallie
267 Antonio Tabucchi. Sogni di sogni
268 Arnold Toynbee. Il mondo e l'Occidente
269 Ugo Baduel. L'elmetto inglese
270 Apuleio. Della magia
271 Giacomo Debenedetti. 16 ottobre 1943
272 Antonio Faeti. L'archivio di Abele
273 Maria Messina. L'amore negato
274 Arnaldo Fraccaroli. Tomaso Largaspugna uomo pubblico
275 Laura Pariani. Di corno o d'oro
276 Luisa Adorno. La libertà ha un cappello a cilindro
277 Adriano Sofri. Le prigioni degli altri
278 Renzo Tomatis. Il laboratorio
279 Athos Bigongiali. Veglia irlandese
280 Michail Kuzmin. Le avventure di Aymé Leboeuf
281 Concetto Marchesi. Il libro di Tersite
282 Lorenza Mazzetti. Il cielo cade
283 Marcella Olschki. Terza liceo 1939
284 Maria Occhipinti. Una donna di Ragusa
285 Steno. Sotto le stelle del '44
286 Antonio Tosti. Cri-Kri
287 Daniel Defoe. La vita e le imprese di Sir Walter Raleigh
288 Ronan Sheehan. Il ragazzo con la ferita all'occhio
289 Marcella Cioni. La corimante
290 Marcella Cioni. Il Narciso di Rembrandt
291 Colette. La gatta
292 Carl Djerassi. Il futurista e altri racconti
293 Voltaire. Lettere d'amore alla nipote
294 Tacito. La Germania
295 Friedrich Glauser. Oltre il muro
296 Louise de Vilmorin. I gioielli di Madame de ***
297 Walter De la Mare. La tromba
298 Else Lasker-Schüler. La gatta rossa
299 Cesare De Marchi. La malattia del commissario
300
301 Zlatko Dizdarević. Giornale di guerra

302 Giuseppe Di Lello. Giudici
303 Andrea Camilleri. La forma dell'acqua
304 Andrea Camilleri. La stagione della caccia
305 Robert Louis Stevenson. Lettera al dottor Hyde
306 Robert Louis Stevenson. Weir di Hermiston
307 Dashiell Hammett. La ragazza dagli occhi d'argento
308 Carlo Bini. Manoscritto di un prigioniero
309 Vittorio Alfieri. Mirandomi in appannato specchio
310 Silvio d'Amico. Regina Coeli
311 Manuel Vázquez Montalbán. Il pianista
312 Ugo Pirro. Osteria dei pittori
313 Irene Brin. Cose viste 1938-1939
314 Enrique Vila-Matas. Suicidi esemplari
315 Sergio Pitol. La vita coniugale
316 Luis G. Martín. Gli oscuri
317 William Somerset Maugham. La villa sulla collina
318 James Barlow. Torno presto
319 Israel Zangwill. Il grande mistero di Bow
320 Pierluigi Celli. Il manager avveduto
321 Renato Serra. Esame di coscienza di un letterato
322 Sulayman Fayyad. Voci
323 Alessandro Defilippi. Una lunga consuetudine
324 Giuseppe Bonaviri. Il dottor Bilob
325 Antonio Tabucchi. Gli ultimi tre giorni di Fernando Pessoa
326 Denis Diderot. Il sogno di d'Alembert. Seguito da Il sogno di una rosa di Eugenio Scalfari
327 Marc Soriano. La settimana della cometa
328 Sebastiano Addamo. Non si fa mai giorno
329 Giovanni Ferrara. Il senso della notte
330 Eduardo Rebulla. Segni di fuoco
331 Andrea Camilleri. Il birraio di Preston
332 Isabelle, Véronique e Marc Soriano. Il Testamour o dei rimedi alla malinconia
333 Maurice Druon. Il bambino dai pollici verdi
334 George Meredith. Il racconto di Cloe
335 Sergio Marzorati. Ritorno a Zagabria
336 Enrico Job. Il pittore felice
337 Laura Pariani. Il pettine
338 Marco Ferrari. Alla rivoluzione sulla Due Cavalli
339 Luisa Adorno. Come a un ballo in maschera
340 Daria Galateria. Il tè a Port-Royal
341 James Hilton. Orizzonte perduto
342 Henry Rider Haggard. Lei
343 Henry Rider Haggard. Il ritorno di Lei
344 Maurizio Valenzi. C'è Togliatti!
345 Laura Pariani. La spada e la luna
346 Michele Perriera. Delirium cordis
347 Marisa Fenoglio. Casa Fenoglio
348 Friedrich Glauser. Morfina
349 Annie Messina. La principessa e il wâlî
350 Giovanni Ferrara. La sosta
351 Romain Colomb. Stendhal, mio cugino
352 Vito Piazza. Milanesi non si nasce

353 Marco Denevi. Rosaura alle dieci
354 Robert Louis Stevenson. Ricordo di Fleeming Jenkin
355 Andrea Camilleri. Il cane di terracotta
356 Francesco Bacone. Saggi
357 Wilkie Collins. Testimone d'accusa
358 Santo Piazzese. I delitti di via Medina-Sidonia
359 Patricia Highsmith. La casa nera
360 Racconti gialli
361 L'almanacco del delitto
362 Baronessa Orczy. Il vecchio nell'angolo
363 Jean Giono. La fine degli eroi
364 Carlo Lucarelli. Via delle Oche
365 Sergio Atzeni. Bellas mariposas
366 José Martí. Il processo Guiteau
367 Marcella Olschki. Oh, America!
368 Franco Vegliani. La frontiera
369 Maria Messina. Pettini-fini
370 Maria Messina. Le briciole del destino
371 Maria Messina. Il guinzaglio
372 Gesualdo Bufalino. La luce e il lutto
373 Christopher Morley. La macchina da scrivere
374 Andrea Camilleri. Il ladro di merendine
375 Pino Di Silvestro. Le epigrafi di Leonardo Sciascia
376 Francis Scott Fitzgerald. La crociera del Rottame Vagante
377 Franz Kafka. Sogni
378 Andrea Camilleri. Un filo di fumo
379 Annie Messina. Il banchetto dell'emiro
380 Lucio Anneo Seneca. Alla madre
381 Tommaso Di Ciaula. Acque sante, acque marce
382 Giovanni Papapietro. L'amica di mia madre
383 Ignazio Buttitta. La vera storia di Salvatore Giuliano
384 Giovanni di Alta Selva. Dolopato ovvero Il re e i sette sapienti
385 Andrea Camilleri. La bolla di componenda
386 Daphne du Maurier. Non voltarti
387 Daphne du Maurier. Gli uccelli
388 Daphne du Maurier. L'alibi
389 Julia Kristeva. Una donna decapitata
390 Alessandro Perissinotto. L'anno che uccisero Rosetta
391 Maurice Leblanc. Arsène Lupin contro la Mafia
392 Carolyn G. Hart. Morte in libreria
393 Fabrizio Canfora, Gotthold Ephraim Lessing. L'educazione del genere umano
394 Maria Messina. Ragazze siciliane
395 Maria Messina. Piccoli gorghi
396 Federico De Roberto. La sorte
397 Federico De Roberto. Processi verbali
398 Andrea Camilleri. La strage dimenticata
399 Andrea Camilleri. Il gioco della mosca
400
401 Andrea Camilleri. La voce del violino
402 Goliarda Sapienza. Lettera aperta
403 Marisa Fenoglio. Vivere altrove
404 Luigi Filippo d'Amico. Il cappellino

405 Irvine Welsh. La casa di John il Sordo
406 Giovanni Ferrara. La visione
407 Andrea Camilleri. La concessione del telefono
408 Antonio Tabucchi. La gastrite di Platone
409 Giuseppe Pitrè, Leonardo Sciascia. Urla senza suono. Graffiti e disegni dei prigionieri dell'Inquisizione
410 Tullio Pinelli. La casa di Robespierre
411 Mathilde Mauté. Moglie di Verlaine
412 Maria Messina. Personcine
413 Pierluigi Celli. Addio al padre
414 Santo Piazzese. La doppia vita di M. Laurent
415 Luciano Canfora. La lista di Andocide
416 D. J. Taylor. L'accordo inglese
417 Roberto Bolaño. La letteratura nazista in America
418 Rodolfo Walsh. Variazioni in rosso
419 Penelope Fitzgerald. Il fiore azzurro
420 Gaston Leroux. La poltrona maledetta
421 Maria Messina. Dopo l'inverno
422 Maria Cristina Faraoni. I giorni delle bisce nere
423 Andrea Camilleri. Il corso delle cose
424 Anthelme Brillat-Savarin. Fisiologia del gusto
425 Friedrich Christian Delius. La passeggiata da Rostock a Siracusa
426 Penelope Fitzgerald. La libreria
427 Boris Vian. Autunno a Pechino
428 Marco Ferrari. Ti ricordi Glauber
429 Salvatore Nicosia. Peppe Radar
430 Sergej Dovlatov. Straniera
431 Marco Ferrari. I sogni di Tristan
432 Ignazio Buttitta. La mia vita vorrei scriverla cantando
433 Sergio Atzeni. Raccontar fole
434 Leonardo Sciascia. Fatti diversi di storia letteraria e civile
435 Luisa Adorno. Sebben che siamo donne...
436 Philip K. Dick. Le tre stimmate di Palmer Eldritch
437 Philip K. Dick. Tempo fuori luogo
438 Adriano Sofri. Piccola posta
439 Jorge Ibargüengoitia. Due delitti
440 Rex Stout. Il guanto
441 Marco Denevi. Assassini dei giorni di festa
442 Margaret Doody. Aristotele detective
443 Noël Calef. Ascensore per il patibolo
444 Marie Belloc Lowndes. Il pensionante
445 Celia Dale. In veste di agnello
446 Ugo Pirro. Figli di ferroviere
447 Penelope Fitzgerald. L'inizio della primavera
448 Giuseppe Pitrè. Goethe in Palermo
449 Sergej Dovlatov. La valigia
450 Giulia Alberico. Madrigale
451 Eduardo Rebulla. Sogni d'acqua
452 Maria Attanasio. Di Concetta e le sue donne
453 Giovanni Verga. Felis-Mulier
454 Friedrich Glauser. La negromante di Endor
455 Ana María Matute. Cavaliere senza ritorno

456 Roberto Bolaño. Stella distante
457 Ugo Cornia. Sulla felicità a oltranza
458 Maurizio Barbato. Thomas Jefferson o della felicità
459 Il compito di latino. Nove racconti e una modesta proposta
460 Giuliana Saladino. Romanzo civile
461 Madame d'Aulnoy. La Bella dai capelli d'oro e altre fiabe
462 Andrea Camilleri. La gita a Tindari
463 Sergej Dovlatov. Compromesso
464 Thomas Hardy. Piccole ironie della vita
465 Luciano Canfora. Un mestiere pericoloso
466 Gian Carlo Fusco. Le rose del ventennio
467 Nathaniel Hawthorne. Lo studente
468 Alberto Vigevani. La febbre dei libri
469 Dezső Kosztolányi. Allodola
470 Joan Lindsay. Picnic a Hanging Rock
471 Manuel Puig. Una frase, un rigo appena
472 Penelope Fitzgerald. Il cancello degli angeli
473 Marcello Sorgi. La testa ci fa dire. Dialogo con Andrea Camilleri
474 Pablo De Santis. Lettere e filosofia
475 Alessandro Perissinotto. La canzone di Colombano
476 Marta Franceschini. La discesa della paura
477 Margaret Doody. Aristotele e il giavellotto fatale
478 Osman Lins. L'isola nello spazio
479 Alicia Giménez-Bartlett. Giorno da cani
480 Josephine Tey. La figlia del tempo
481 Manuel Puig. The Buenos Aires Affair
482 Silvina Ocampo. Autobiografia di Irene
483 Louise de Vilmorin. La lettera in un taxi
484 Marinette Pendola. La riva lontana
485 Camilo Castelo Branco. Amore di perdizione
486 Pier Antonio Quarantotti Gambini. L'onda dell'incrociatore
487 Sergej Dovlatov. Noialtri
488 Ugo Pirro. Le soldatesse
489 Berkeley, Dorcey, Healy, Jordan, MacLaverty, McCabe, McGahern, Montague, Morrissy, Ó Cadhain, Ó Dúill, Park, Redmond. Irlandesi
490 Di Giacomo, Dossi, Moretti, Neera, Negri, Pariani, Pirandello, Prosperi, Scerbanenco, Serao, Tozzi. Maestrine. Dieci racconti e un ritratto
491 Margaret Doody. Aristotele e la giustizia poetica
492 Theodore Dreiser. Un caso di coscienza
493 Roberto Bolaño. Chiamate telefoniche
494 Aganoor, Bernardini, Contessa Lara, Guglielminetti, Jolanda, Prosperi, Regina di Luanto, Serao, Térésah, Vertua Gentile. Tra letti e salotti